大展好書 好書大展

休閒娛樂
70

亞洲
真實恐怖事件

秋本阿曼 著
楊鴻儒 譯

大展
出版社有限公司

目錄

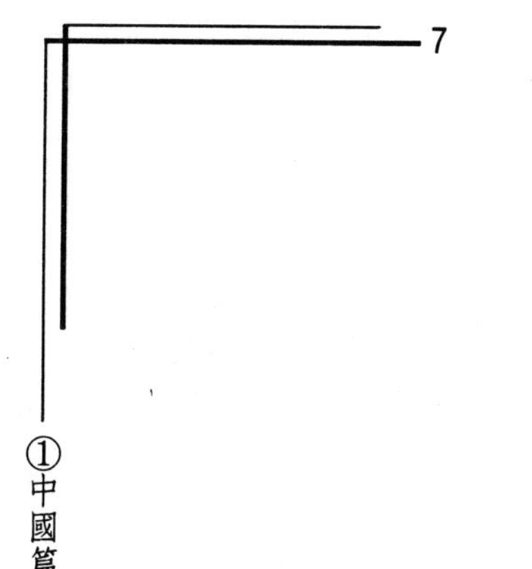

①中國篇

鬼吐露的犯罪（中國）

中國「鬼」和日本「鬼」不同

在日本把異界的住民主要分爲「妖怪」與「幽靈」。

一般而言，把只出現在某種場所的稱爲「妖精」或「妖怪」，而只出現在某特定人面前，亦即含有怨恨的稱爲「幽靈」。

也就是說，在場所出現的是「妖精」、「妖怪」，而在人面前出現的是「幽靈」。

不過最近「幽靈」也有所謂的地縛靈，像妖怪一樣，去某種場所時，不管對方是何人，也一樣會出現……。

不愧是擁有四千年歷史的中國人們，似乎憑經驗一開始就知道這種情形，因此在中國把「妖精」、「妖怪」、「幽靈」全部統稱爲「鬼」。

這種情形在台灣，或是散居世界各國的華僑街、唐人街均相同，華裔人們把異界的住民均稱爲「鬼」。

在日本也有所謂「幽鬼」、「餓鬼」、「鬼畜」等不少帶有鬼字的名詞，在桃太郎等故事中出現的紅鬼或青鬼，也是源自於中國。

從幾則故事來看，鬼故事的幅度頗大，從幽默的到具有真實性、令人毛骨聳然的悽慘故事，包羅萬象。

不知何時，香港賣座的僵屍片在日本也流行起來？

其內容不外乎是描寫相當於日本所謂占卜師或靈能者的「道士」，能夠任意操控「鬼」，可謂驅除惡鬼的高手。

此時「道士」是使用「法術」來操控「鬼」。

日本古時如果有「不散的陰魂」，亦即鬼靈惡作劇，祈禱師就使用靈媒來讓鬼靈說話，了解原委之後，就進行除靈或淨靈。

從被鬼附身的人暫時驅離稱爲除靈，而驅離之外，也說服鬼靈，使其成佛則是「淨靈」。

這種模式迄今都沒有太大變化。

亦即，日本式的作法是鎮靜「鬼靈」的「心」。

然而中國不同。中國的「鬼」可能是理系，受到天命支配勝於「心」。

翻開歷史來看，「水」之國的日本欠缺徹底性，正可謂的曖昧性，而在文化上屬於肉食的「油」之國中國，則是更徹底的極端。

「鬼」來去的靈界，也並非原諒對方，不究既往那麼簡單的世界。

在僵屍片中，「道士」也是使用「法術」來任意操控「鬼」，而被施「法術」的鬼，就喪失其個性。

被「道士」施「法術」的「鬼」，變成只是傀儡「僵屍」，任其擺佈。因此僵屍就如同機器人一樣，如果落入好道士手中，就變成好僵屍，但如果落入壞道士手中，就變成壞僵屍。

觀看香港電影『中國鬼故事』時，就會了解中國和日本不同，不會把「鬼」淨靈，讓其前往異界。

在儒教之國中國，沒有使「鬼」「成佛」的溫和結果。

「鬼」永遠是「鬼」，在現世和那個世界的境界徬徨，不是轉世成爲動物，就是消滅。

「鬼」也會死。

似乎不像日本一樣，存在「以平和的心情永遠住在那個世界」的想法。

從窗外偷窺屋內……

這是數年前，我爲了雜誌取材訪問上海時，從通譯的王先生口中聽到的一則故事。

王先生當時是二十五歲的青年，通曉日語，喜愛五輪真弓的音樂，爲人老實。王先生一開始稱我「秋本桑」，可是在我倆共事數天之後，他卻不知不覺尊稱我爲「先生」。我告訴他：

「我還沒有資格被稱爲先生。」

原來是我弄錯了，因爲在中國，一般把上了年紀的人；一般的男性均尊稱爲

「先生」。

——在此我發現中國和日本不同的秘密。中國的鬼來到日本，就被細分爲「妖精」或「幽靈」，而「先生」也被細分成爲「老師」或「社長」（？）

王先生稱我爲「先生」，證明我們兩人的關係已變得親密。我前往上海的那時，正值上海租界區面貌逐漸瓦解的時期。

黃浦江周邊進行大規模的開發工程，正在架設完成後將成爲亞洲第一的巨大吊橋，而如同摩天樓般的超高層大樓，外資系資本的飯店、重工業工廠等，也正如火如荼般展開建設。

「到了明年，日本人浪漫憧憬的三十年代以來魔都——上海，將消失得無影無蹤。」

我從外白渡橋上俯看黃濁的河流，如此對王先生說，他回答：

「雖然土地變了貌，人也換來換去，但上海還是上海，就如同換穿上西裝一樣。不過，若照這樣下去，將會變成不是人住的地方，而是鬼的住處。先生知道鬼嗎？」

王先生並不是問相信鬼嗎？而是問知道鬼嗎？

「我祖母說一旦居住區變少，只增加辦公大樓時，鬼找不到孕婦投胎轉世，街上就會到處是鬼。」

也就是說開發愈進展，上海將變成一座鬼城。

此一時期的上海，外資系資本陸續進入，搶購土地或大樓。王先生所住的居住區也因爲開發而被迫搬遷。

王先生一家住在數棟相同建築並排的地方，就像是日本過去國鐵的宿舍，只不過是稍微豪華一點的磚造房舍。

六棟中包括王家在內的五棟，因「上頭的命令」，必須迅速搬到他處，雖然不停催促住戶搬遷，但拆除工程卻遲遲不進行。

因爲還剩下一戶黃家抵死不搬，不過最後公安必會來強制執行，因此只是時間的問題。

王先生居住的數棟居住區，在其他住戶陸續搬走之後，宛如一座鬼城，空無一人。因爲該處是前往公社的捷徑，所以王先生每天仍騎自行車經過這座鬼城。

「因爲正好住在新家去公社的途中，所以每天早上騎自行車橫越，可是半年過後還未動工，我以爲黃家還住在那兒……」

某日傍晚，他在好奇心驅使下，想去偷窺一直留到最後的黃家。

過去雖住得很近，但因來自不同縣市，所以不常往來，可是王先生認爲黃先生抵死不從很有骨氣，因而對他產生興趣。

於是，王先生把自行車停靠在路旁，從窗外偷看黃家。

「一看發現黃先生還在，因爲窗內有光。黃先生是獨居的中年人，曾經有妻兒，但妻子好像離家出走，孩子可能也被帶走。不久可能是又再婚，偶爾會看到一名女性出入，但這位女性沒多久也消失，黃先生又變成孤家寡人一個。我們住的那棟是住家用，本來黃先生一人應該搬到更小的房子，但不知何故一直住在那兒，周圍的人也想不透是什麼原故。」

這位黃先生是唯一的一人，繼續頑強抵抗，堅持不搬。

太陽已經下山，家家戶戶的窗均開始點亮晚飯的溫暖燈火。

可是在整座鬼城中，黃家一家的窗似乎有點不一樣，儘管有些亮光。

與其說是點燈，不如說是像在屋內燒火一樣，窗戶映出晃動的影子。

「是怎麼回事？」王先生從自行車下來，像被什麼東西吸引一般地把臉貼近黃家的窗子偷窺屋內。

「啊！那是……？」

應該只有黃先生一人的家中，卻有二人面對面坐著。

房間內側有放被褥的空間，兼廚房的房間放有一張桌子。

桌子旁有一位很像黃先生的高個子男人，背對我蹲下來，而面對黃先生蹲下的似乎是一個女人，但看不清楚臉。

而且二人不知在燒什麼，燃起火焰。

仔細一看，黃先生燒的是大量紙片，紙片燒得很旺，每當快熄時，黃先生又再丟紙繼續燒。

「我立刻了解黃先生燒的是封鬼用的銀錢。黃先生似乎買了很多冥紙，和某人專心一意在家中燒紙錢。」

用來鎮靜或驅趕鬼靈或邪惡的東西時，日本是燒香，西洋是灑聖水，但在中國是燒「紙錢」。

不過，這種「紙錢」在現世沒有效力，是那個世界專用的，人死後，把屍體和這種冥紙一起埋葬，每逢中元節或忌日、過年等日子，家家戶戶就和日本燒香一樣，有燒冥紙的習俗。一般大概都是在庭院或門前、墓前等屋外燒。

可是這個晚上，黃先生卻忍著嗆鼻的黑煙，在屋內燒紙錢。可能是不想讓別人知道吧！

……奇怪，可能有隱情……

王先生這麼想。而且和黃先生面對面的女人也怪怪的，似乎冷眼盯著拼命燒紙錢的黃先生，一動也不動。

雖然那女人的臉看不清楚，但看起來一直蹲著瞪視黃先生的臉。

堅決不搬家的黃先生的秘密

不知時間過了多久。

彷彿被晃動火焰迷住而站著不動的王先生，聽到一種奇怪的聲音。

其實比較像是小動物發出的聲音。

吱吱、啪啪，宛如水泡濺起般吵雜的小動物叫聲。

「到底是什麼？」

王先生把眼睛盯著發出聲音的方向。

「仔細一看，許多黑黑、小小，如同小猴子影子般的東西，發出『比恰比恰』的聲音，聚集在黃先生的腳邊。十個，不，超過十個以上。」

再一看，黃先生每丟一次冥紙燒，這些如小猴子影子般的東西，就陸續跳進火焰中，而每次跳進去，火焰就變弱，黃先生就急忙煽火。但是，當他煽火助長火勢時，其餘的黑黑小小的東西就又跳進火焰中，看起來像是故意妨礙燒紙錢的黃先生，想把火弄熄。

「那一定就是鬼！」

就在王先生察覺的同時，蹲在黃先生對面的女人也抬起頭，而且和王先生四目相接。

一四目相接，那個女人就露出豎立毛髮的恐怖模樣，盯著王先生看。

「唉啊！我的媽！」

王先生當場嚇得四肢發軟。

那個女人應該就是數年前離家出走、行蹤不明的黃先生的前妻。王先生跌跌撞撞，連滾帶爬的終於騎上自行車，頭也不回的飛奔回家。

※　※

自此之後，王先生仍然騎自行車經過這座鬼城去上班，不過再也不敢偷窺黃先生的家了。

不久，開始傳出那個附近有鬼出沒的同時，黃先生也被公安逮捕。罪名是涉嫌「殺人」。

原來黃先生爲了迎娶新妻子，狠心殺死前妻，並把屍體埋在屋子的地下。

「黃先生堅決不搬家的原因，可能是怕一開始動工後，屍體會被人發現，而事跡敗露。我所看到的是他前妻的鬼魂，我猜想他第二位妻子可能就是被這個鬼整死或嚇跑的吧！」

一直堅決不搬家，又不停地燒紙錢，必定引人疑竇。王先生說，可能是覺得可疑的某人向公安密告，而展開調查，不過，他堅稱絕不是自己去告的密。我問他：

「你講的我聽得懂，但那個小小、黑黑的鬼，究竟是什麼？」

王先生露出一副理所當然的表情說：

「那些小鬼一定是被黃先生前妻的鬼魂施法術操控，因爲燒愈多紙錢，他前妻的鬼魂就會被封死，因此就驅使小鬼來加以阻撓。」

「於是黃先生就只好不停燒，最後終於露出馬腳。」

也就是全部是由他前妻所引導，王先生點點頭。

黃先生被捕之後，這個居住區立即開始動工，興建超高層外資系飯店。

「在很遠前面看到水晶般形狀的大樓就是。你看，從這裏可以看得到吧？」

順著王先生手指方向的遠方，我模模糊糊看到數棟超高層大樓。

猛人傳（中國）

冷酷皇后最害怕的東西

很久以前有一部名爲『黑水晶』的電影。

這是一齣木偶幻想劇，描寫善惡兩種族之間發生的各種爭端，最後這二個種族被統合成「人類」的故事。

善種族品行端正、溫和、外貌清秀端莊；而惡種族一看就很醜惡，言行齷齪、誇大。

令人不可思議的是，惡種族出現的場景，畫面上格外強有力、令人震撼，讓觀眾感到刺激。劇情也是善種族在平靜詳和的生活中，惡種族迅速發展，可說高潮迭起。

總而言之，惡的一方較讓人感到有趣。

因爲善種族的所作所爲大概可以想像，也就是八九不離十。

可是惡德雖令人害怕，卻極富創造性。這種富創造性的可怕人物，特別是女性，經常在中國四千年歷史中登場。

一般而言，首推漢代高祖的正妻呂后（往昔中國的當權者一夫多妻很平常，正妻封爲后，後來的其他女性被稱爲妃、夫人，下面又有數百名妾）。

呂后是位聰明的女性，卻很殘忍。以下列舉一則有關她的軼事。

一名家臣因密告被扣上謀反的罪名，但高祖本身察覺這是誣告，因而免除死刑，剝奪其地位、派遣到地方。

某次呂后因事前往該地，此時這位前家臣趕來，請求再給他一次機會，向高祖說明自己無罪。因爲這位家臣真心希望能再次服侍主君。

呂后微笑地承諾說：

「我當然也相信你是無罪，被派到這個地方也不合情理，我會轉告皇上，你不妨和我一起回京城，這樣更具有說服力……」

可是，將這位前家臣帶回京城後，呂后卻小聲在高祖耳邊說：

「這個人精明又有骨氣，如果讓他活著，總有一天會成爲皇上的威脅。正好這次他連同部下一起帶回，不如趁早把他們全部殺光。」

於是，高祖就把前家臣及其部下、親族全部殺光。呂后打從年輕時，就對這種事樂此不疲。

此一時期的中國當權者，爲保住權力的寶座，完全和可疑者不罰的作法背道而馳，稍微可疑的就殺掉，遑論是精明有才幹之人，可說已成爲家常便飯。

不過，擅長這樣權謀術的皇后，在當時也很罕見。高祖本人就曾被呂后從困境中拯救不少次，因此當然對她言聽計從，可是再厲害的呂后，仍有不能隨心所欲的時候。

那就是位於後宮眾多妻妾競爭對手的存在。如果其中一人建立勢力，向高祖搬弄是非，那自己就完蛋了。

也許那一天丈夫會突然告知：

「今天起妳可以不用當皇后了。這是新的皇后。」

萬一發生這種事，平時就受到各方懷恨的呂后，說不定會被新皇后殺掉。

呂后最怕的就是戚夫人。她是最得高祖寵愛的美女，和高祖也生有孩子。做爲工作上夥伴，呂后極受高祖信賴，不過要說女性，戚夫人則是其最愛。呂后最無法忍受這點，可是卻無法可施。

比妖怪更可怕的人類所作所為

不久，高祖去世……。

呂后迫不及待立即殺掉戚夫人的孩子，接著也殺掉關在獄中的戚夫人。不過她並不是一下子殺掉，爲了報復長年累積的怨恨和自卑感，她一點一點慢慢將戚夫人虐待致死，等於是活活整死。

首先，將孩子被殺而傷心欲絕的戚夫人，脫光衣服送進關凶惡犯人的牢房，讓他們任意凌辱。

待精神上支離破碎之後，再用藥毀掉她的喉與耳，並使其變聾變啞，之後將其眼睛挖出來。

最後，把戚夫人的雙手雙腳一隻隻的切斷。並非一口氣同時切斷四肢，而是先切一隻，痛得昏倒後，待醒來再切斷另一隻，簡直就如虐待狂一樣。

又聾又啞又瞎、失去雙手雙腳的戚夫人，最後被丟進毛坑中。

當時中國的廁所，在毛坑下方是一個大洞，在此養豬。以人糞爲飼料來飼養家畜，戚夫人則被丟在糞堆的豬圈中。

高祖去世後，呂后和高祖所生的長子即位，是爲惠帝，當上太后的呂后對皇上說：

「陛下，你看這裏有人豬。」

她故意帶兒子惠帝去看可憐悽慘模樣的戚夫人。

看到在呻吟、滿身是人糞，形同巨大爬蟲的東西時，惠帝幾乎要昏倒，但當侍者告知那是戚夫人時，受到更大的打擊，簡直不敢相信，終於病倒。

無法想像自己的母親竟然如此殘忍。

精神錯亂的惠帝，後來過著放蕩的日子，因此年紀輕輕就早死。

呂后等於是間接害死自己的親生兒子。

如果是普通人，應該會有懺悔之心，改變性情，可是，呂后卻一直不放手權力，絲毫不知悔改。

不久，藉由兒子去世之機，壓制剩下的朝廷重臣或高祖直系親屬，在政治上起用外戚（呂后娘家的親戚），確立呂政權。

※　※

不論是好是壞，凡事都有始有終、貫徹到底，是中國的一大特徵。以食材來說，只要發現世界第一珍味，即使是吃人肉也做得出來。而且在戰爭抓到的敵人俘虜、侵略地的居民、死囚等，也都可以殺來吃掉。

中國的古書中有記載，把人丟到鍋中蒸熟，或在熱水燙熟剝皮，或用銳利的刀刃薄切新鮮屍體的肉，再在熱水中汆燙來吃，就像日本的涮涮鍋一樣。

在一千一百年前的唐代，曾有段短期間因不斷發生戰亂、貧困或飢饉，某地區甚至連一般人都把人肉醃漬起來或製成肉丸子做爲日常食品。

至於處刑的作法，也有不少殘忍的記錄。

在日本有所謂的「鋸刑」，就是把犯人活埋在地下，只露出頭，任由路過的人拉鋸子割頸的殘酷刑罰。

這和劊子手斬首不同，因爲有人可能只鋸到一半就走掉，而且不只一次，所以非常痛苦。

這種刑罰無法像斬首一樣，痛快的死去。

而凡事都貫徹到底的中國，在作法上也更爲殘酷。

所謂處刑，含有當權者企圖「示眾」之意味，在嚴格的封建制度下，對壓抑到即將爆發的民眾來說，或許觀看處刑也含有類似娛樂的意味。

現代人若想看恐怖情景，可以去看恐怖片，但古代人沒辦法看到這種虛構情景，由此可見，觀看處刑可能也是一種紓解壓力的作法。

考慮到民眾這種好奇心，又可充分用做示眾，達到警世的效用，而且還能夠報復對方的怨恨，在往昔中國有一種剝皮刑。

就是讓犯人趴在地上壓住，在活生生狀態下，用利刃從下向上剝皮。因爲如果一口氣就弄死，負責處刑的人會受罰，所以，才想出這種慢慢把人折磨致死的刑罰。

背叛主子的人會有什麼後果呢?為了達到宣傳效果，重點是讓犯人痛苦得愈久愈好。

因此，一下子就殺掉便失去意義。

一開始抵抗、喊叫的犯人，等到利刃一直向上割，割到側腹或胸附近時，連喊的力氣都沒了，因爲已經痛得昏死過去。

※　　※

惡勢力強大，而且一直在無止境的擴張。

原本所謂的惡，是在弱肉強食的宿命下，極其自然而產生的。

活著的人，反而要比住在異界的人更可怕好幾倍。

和鬼生活 （中國）

「啊，被鬼附身了」

中國人一旦形成友好關係，就會建立堅定的友情，而且這種信賴關係會一直持續到死爲止。可說非常重視合得來、合不來。

如同世界各國的大都市必定有中國城一樣，可能是因爲在長久的歷史中反覆的改朝換代，或是爲尋求個人在商場上的新天地，中國人在各國紮根。不知是因擁有堅定的團結力，使華僑能夠在該國鞏固經濟基盤，還是因爲散居各國而非團結不可，亦即到底是先有雞還是先有蛋？……。

不過，在各國的華裔之間有一個共通點，就是害怕前面提到的「鬼」。

日本也使用「鬼」這個字，中文發音是「ㄍㄨㄟˇ」。鬼有很多種，人靈、動物靈、土地之神等自然靈（神是自然靈的一部）、妖精，全部稱之爲鬼。

儘管眼睛看不見，但確實存在，往來異界和現實世界的就是鬼。

中國有如同道士般的靈能者，也有稱不上是靈能者，但在這方面較爲敏感的人，也有完全沒有頻道的人。

過去我前往中國取材時，遇到過一名蘇州青年，聽到如下一則故事。

「當被鬼附身時，會在一瞬間知道。此時會感覺肩膀沈重，全身發冷，心情低落，因此必須哇的大喊出來，把鬼甩掉。不過，若只大喊出來或用手揮走，鬼仍然會在附近徘徊，一有機會又會再附身，因此如果人在戶外，就走到水溝或河川、池塘邊來做這動作，如果是在家中，就到窗邊或廁所、廚房做這種動作，才能把鬼沖走，因爲鬼會隨著風或水流動而轉移。假如，當時未察覺到被鬼附身而甩掉，那第二天一定會感冒（生病），或和某人起爭執，或不小心受傷。」

當我問他這種鬼長得什麼模樣時，他回答有人看得見，有人看不見，他自己則有時看得見，有時看不見。

照他所說，重點不在於看不看得見，而在於感不感覺得到。

「有時是白色、模糊、沒有形態，有時像黑色小影一樣，就如同在ＳＦＸ電影中出現的外星人。但是，絕非日本古畫中的那副模樣。死人的鬼（人靈）我沒看過，但據看過的表示，就和其生前模樣一樣，和活著的人沒什麼兩樣，也穿著衣服。」

以前曾聽某位日本靈能者說過如下一則故事。

這人熟識的一名女性，突然間腦貧血昏倒。附近的人趕緊叫救護車，但在救護車還未來到之前，他親眼看到約有十隻左右，五十公分高，如同黑色小猴子般的東西，趴在這個女孩身上、纏著她。

雖然這些小鬼般的東西是趴在她身上而已，但，他直覺認爲這樣下去一定不妙，因此立刻在心中默叫這些東西離開她身上，不可寸步不離跟在她身邊。

可是這些黑色小東西非常執著，趕也趕不走，一直纏著她不放，等到救護車的警笛大作，救護人員急忙下車打開車門之後，這些東西才消失。

※　※

……想起這位日本靈能者的故事，我認爲中國式對「鬼」的想法，比日本的鬼故事更接近真實性。

因爲中國人長久和氣功或太極拳等生命能量之源的「氣」交往，所以對察覺這種事也較爲敏銳。

日本確實也多多少少有危害人類的這種如同黑色小猴子的東西，或是無形的白色閃亮東西，只不過迄今尚未加以命名。

不過靈能者說，如果是人靈，就能看出此人生命的模樣，或是了解他生前未完成的事，或是這個靈有什麼念頭。

儘管如此，仍存在沒有念頭、沒有語言、更抽象的能量體。

最近，逐漸解明從氣功師指尖發出的「氣」的真相。

也就是說，「氣」已被翻譯成科學用語。依據翻譯，從氣功師指尖所發出的是紅外線或電磁波，但可能不只這些。

看來有一天鬼也能被翻譯成科學用語。

據說有中國人在自己家裏養所謂的小鬼——教導不要做壞事——一起生活數年以上。

小腳女與小頭兒（中國）

像小孩的腳才具備美女的條件

導遊王先生皺著眉頭說：

「我雖然在照片上看過小腳，但覺得就像豬腳一樣，看起來一點也不美。第一，不乾淨，好像很臭……。」

「所謂像豬腳一樣的腳」，正是中國古時的風俗「纏足」。

在第二次大戰前，中國的清朝有類似刑求女性般的「纏足」風俗。因爲在此之前，中國美女的首要條件是腳小。

就算人長得再美，身材一流，如果有一雙大腳，就會被視爲粗俗、不雅，腳普通尺寸的女人被視爲下層階級出身，因此，一般家庭一生下女孩，母親從小就會用布纏住腳，抑制其成長，這種想儘辦法以人工方式形成的小腳美女，才能嫁到好人家。

「我已記不太清楚，我過世的曾祖母就是纏足，我家現在還有一張她纏足的腳穿鞋子的照片。從照片上看來，感覺只有一五、六公分大小。」

王先生的家現在還留有曾祖母的照片。

於是，我請他務必拿給我看看，王先生爽快答應。第三天從上海市郊外的家帶來一張泛黃的舊照片。

「就是這張……。」

他邊說邊拿出一張名信片大小的照片，照片中是一位三、四十歲左右的婦女，就是他的曾祖母，站在豪華住宅的大門前，穿著高領旗袍，手裏撐著陽傘。

季節可能是盛夏，因爲她穿的是無袖旗袍。

由於是黑白照片，看不太清楚，腳上穿的是像靴子般的奇怪布製鞋子，以身材比例來說，腳確實太小。

這種站姿，看起來的確非常符合婀娜多姿這句形容詞。

「這種腳還能走路啊?站起來好像都有點困難。」

聽我這麼說，王先生驕傲的回答：

「隨著時代演變，連普通老百姓也開始模仿，在過去只有家庭富裕的女子才有資格纏足，也就是家世不錯子女的專利。」

言下之意，王先生家世也是女性不用勞動的富裕人家。

「總而言之，封建時代持續很久，因此窮人家的女孩除勞動、嫁人或當別人的姨太太之外，沒有其他選擇。所謂的勞動，當然不是動腦的工作，而是賣東西或當傭人供人使喚。

以帶孩子來說，如果能嫁到雇得起傭人的家庭，即使纏足也無所謂，但如果嫁到須自己包辦全部家事的窮人家，那纏足可就變成一大悲劇……。因爲下層階級的婦女非工作不可，而纏足非常不便。」

不過只要美，即使出身貧窮的下層階段，如果能被上流階級的男人看上，娶進門當姨太太，也夠鹹魚翻身，坐享榮華富貴，那個時代就是這樣。

一旦能夠如此出頭，連帶家族也能蒙受恩惠，所以窮人家想儘辦法也要給女兒纏足，變成個大美人。

偏愛小腳的中國男人

纏足，顧名思義就是用布把腳裹緊而成。

據王先生表示，形成纏足需要二階段的照料。

首先在女孩子出生後，由母親或親戚中的女性負責孩子的纏足工作。準備數公尺長、像繃帶般的布，緊緊纏住孩子的腳，此時只留下拇趾，把其他四隻趾頭彎向腳底方向來纏緊。

但如果從嬰兒時期就開始纏，整個腳就會發生障礙而不能走路，因此大概是從三、四歲左右開始纏。

被布緊緊纏住的腳，會瘀血而發炎，甚至變成即將壞死的狀態，爲了加以防範，會先在布灑上明礬做爲藥物。

女孩子當然還沒辦法走路，因爲腳會一再反覆發炎、內出血、化膿，據說這種痛苦難以忍受，因此在少女時期不斷受到慢性折磨中度過。

在製造（？）過程中的纏足，會腫成紫色，從各處滲出血與膿，瀰漫一股腐臭味。

負責纏足的人，如果自己親生母親，還會小心翼翼照料，但如果是親戚中的女性，就會毫不留情，有時甚至會導致趾骨碎裂、腐爛。

隨著女孩子逐漸成長，腳也慢慢變形成小型，但成長到某一程度就會停止，當腳固定成畸形以後，接下來的是第二階段的照料。

「因爲也會長出雞眼。纏足很少有裸露的情形，穿鞋也是帶著纏腳布穿，因此經常悶得臭氣薰天，讓人退避三舍。」

應該就像芭蕾舞者，穿芭蕾舞鞋般的感覺吧！

「因此，修剪雞眼或繭的工作很麻煩，據說如果不每天用小刀來削，就會感到疼痛難耐。」

據說要每隔三天把腳長時間泡在熱水中，待泡軟後再慢慢削去肥厚的皮，因此照料起來要格外小心。

對女性來說，這真是麻煩又不自由的風俗。

纏足的女性不僅孩童時代，一輩子都要爲「疼痛」與照料花費很大心思。

據王先生說，裸露的纏足也不給自己孩子看，唯一能看的是她的丈夫，因爲拿掉裹腳布就如同「脫掉內褲」一樣。

就如同低級無聊的用詞一樣，自古以來，色情和恐怖就是一體兩面，不可分開。

具有四千年悠久歷史的中國，當然也培育出深厚的獨特文化，從這種濃厚文化中所窺見的色情，說到底就變成這種極端的形態出現。

纏足也可說是明確顯示中國男性與女性間力量關係的一種風俗。這種風俗雖可說是中國男性偏愛女性小腳的特殊嗜好，但其實原本只有「防止逃跑」的實質目的。

長達數千年反覆戰亂的中國，也和其他國家一樣，視女性爲戰利品，因此一夫多妻也是理所當然。

想想，其中必定有非常討厭丈夫，一心想逃跑的女性，而纏足似乎有防止逃跑的用意。

如今纏足的女性只剩下老年人而已，據說王先生以前曾看過政府以禁止纏足爲宗旨，所拍攝的宣傳片。

那是在第二次大戰結束，中國成爲共產國家之後，爲禁止守舊風俗所拍的影片。

「看起來真像是連骨頭都溶化的豬腳一樣。因爲一輩子沒有曬過太陽，變得白白、軟軟的，除拇趾以外，其他趾頭全部掰到腳底，只能用怪異來形容。因爲已不是腳，只不過是肉塊而已。」

這種軟趴趴像豬腳般的腳，以往被中國男性視爲「美」，而迷戀、觀賞、撫摸、親吻，甚至把香料塞進去，然後聞混合香料和女性腳臭的另一種味道，樂此不疲，真是變態到了極點。

凡事都貫徹到底、有始有終，是B型血型人多的中國文化一大特色。

僅一頓飯而勞師動眾

凡事都「貫徹到底」，是很奢侈的事。

中國在第二次大戰後雖已有些改變，但在過去帝政時代，每個朝代的皇帝都過著極其奢華的生活。

食可謂文化的顯現，譬如皇帝每天吃的菜餚就是如此。

據書上記載，中國菜是火與油的菜餚，在不斷追求美味中，終於研究出一套令人難以置信的複雜烹調法。

在名菜中有一道叫做「蚊眼湯」的菜餚。

據說這種湯的原料是某種蝙蝠的「糞」。王先生說：

「我沒吃過，但聽說過。就是把餵蚊子長大的蝙蝠糞加以過濾之後，就會留下未消化溶解的蚊子眼睛。蚊子眼睛小到要用放大鏡才看得到，爲收集一把蚊子眼睛，需要數百隻份的蝙蝠糞。

據說如此以蚊眼做成的湯，能熬出美味的高湯。或許現在仍有烹調這種蚊眼湯的餐廳，上海就有供應奇特食物的專門店。」

中國有不少餐廳在店內飼養魚或蛇等活的食材，照王先生所說，如果在籠子內養有無數蝙蝠的店，那就應該有賣「蚊眼湯」這道菜。

可稱爲長生之藥的猿猴「腦漿」（猴腦），也是一道名菜。

「就像人腦一樣令人噁心，但卻有餐廳賣這道菜。」

我也在電視上看過，把頭蓋橫切開，露出蒸熟白色腦漿的猿猴頭部，放在盤中。然後用勺子來吃。

在日本可做爲代表的壽司或醃漬物，儘可能保留食材原來的個性，雖然作法簡單，但卻需要掌握絕佳的時機。

然而中國料理的奧妙，與其說是食材的個性，不如說是一項極爲複雜的烹調工程。

所謂帝政，就是把財富與權力集中在一人身上的社會結構，由此所產生的熟透文化。人類追求快樂的慾望是永無止境。

一般人之所以會有所節制，是因如果不這麼做，就會違反法律與秩序，可能因追求慾望而身陷危險，甚至喪命。

但是對可以花無數金錢、不計任何代價來滿足自己慾望，而且自己本身就是「法律」的帝王來說，慾望就會變得永無止境。

假使有一位帝王是個老饕，那他會怎麼做呢？

可能無論如何會想儘辦法來追求人間美味。

我曾從一位中國友人口中聽到一道菜餚，不只材料奇特，也會令人想到當權者對食物擁有的執著是那麼不可思議。

這道菜名是「炒鑲豆芽」。光聽菜名似乎沒什麼奇特，但一聽到作法，真令人爲之絕倒。

食材的豆芽要儘量選細嫩的，先用刀直的劃開一條縫。

然後，把碎肉一粒粒塞進直徑一毫米細的豆芽中，排成一列。

塞完之後，再用太白粉或澱粉質粉調成的漿糊糊住豆芽縫，使其粘牢。

這樣就完成一根塞肉的豆芽。

聽說某一朝代的某位帝王，非常愛吃這道菜，每次都要點好幾盤。

爲此，宮廷在製作這道菜時，不得不召集數十名廚師來幫忙。

從垃圾桶中發現的肉塊

手工或技巧可說是中國文化的神髓，從這種意味而言，「纏足」也稱得上是對活生生的人所施的一種技巧、整形手術。

「提到整形，先生是否聽說過小頭兒？」

王先生如此問我。

在南美的古代文明，確實存在一種視細長尖形頭部、鬥雞眼為高貴美麗的文明。

我曾聽說，這裏在小孩出生後，母親就用二片板子夾住嬰兒的頭部，牢牢固定，好讓仍柔軟的嬰兒頭蓋骨變形呈尖形，並且從板子上方垂吊一個擺子在嬰兒眼前，讓他盯著看成鬥雞眼。

「還有不只是頭變形而已。最近在回歸前的香港就發生一起怪事……。」

王先生強調之後，接著說出下列這則故事。

某日清晨，一條位在鬧街餐廳的垃圾桶——經常丟菜屑、肉片或雞骨、豬骨的塑膠桶——發現不知是什麼肉的大肉塊。

據說是前來回收垃圾的業者，不小心打翻垃圾桶而意外發現到的。

這位業者可能感到奇怪，摀住鼻子走近一看。

「老闆，這是什麼肉？」

業者不禁大聲問道。

「如果是豬，又太小，而且又沒有尾巴。但也不像是切的大塊肉，也沒有毛……，是不是店裏新出的新種狗料理？」

「你說什麼？」

聽到這話的店主，穿著圍裙狐疑的跑出來看。

「你不要講得那麼難聽，我們店裏不賣這種奇怪的肉！」

邊說邊看腳邊時，真有一大塊肉混在垃圾桶中。

「來人，趕快來！」

店主把員工全叫來問話。

「這是誰丟的？」

被店主叫來的二名廚師，異口同聲表示，從來沒買過這種東西，也沒有烹調過，更沒有丟在垃圾桶中。

可能是在某處已腐爛的肉塊，有人受不了這種臭味，而順手丟在垃圾桶中吧！

肉塊已經腐爛，即將溶解。

不過仔細一看，雖然埋在腐爛的肉中，但似乎看得出眼睛，像手一樣五根手指的前腳。

「是不是胎兒？但形狀又太奇怪了。」

一名廚師邊說邊用掃把柄去翻動，此時，看似已經癒著的肉塊部分，剝落而分離。

「什麼？這是什麼？」

分離的那塊肉，雖然極爲細短，但看起來像是小孩子的手臂。

不過這種肉塊和人的形狀差太遠，整個就像球一樣。

「……是不是外星人？」

「胡說八道……也許是畸形兒的屍體。總而言之先打電話報警。」

一名廚師叫來警察，前來的巡邏車把肉塊帶走。

幾天後，店主被警方叫去，接受簡短訊問之後就被放回來。

該店只有店主被警方叫去那天休息，之後又和平時一樣繼續營業。

這起事件便如此結束。

因爲當時各報刊都競相報導有關香港回歸的大新聞，以致此一事件成了漏網之魚。

聽到傳聞的一名來店客人，興緻勃勃的向從警局回來的店主，打聽是怎麼回事。

「老闆，那東西究竟是什麼？」

「你是說那個肉塊嗎？聽警察說……你不要被嚇到，聽警察說……」

※　　※

「……你猜警方是怎麼說？秋本先生。」

王先生笑著問我：

「我想是畸形兒的屍體吧?!……。」

「是畸形的人沒錯，但不是小孩，是大人。警方將其拼湊之後，發現是直徑四十公分左右大的圓球形胴體，手腳、頭陷入其中。」

驗屍結果是三十歲左右的男性。

「哦，就是傳說中的『小頭兒』。」

——「小頭兒」。

距今約二千年前的中國，各地發生反抗帝王暴政的暴動。

尤其是，把眉毛染成紅色的所謂「赤眉」集團，對政府軍的反抗最頑強。雖然，「赤眉」也日漸被鎮壓而平息，但不久潛入地下，變成令人聞之喪膽的暗殺集團。

所謂「赤眉」的暗殺集團，殺人手段並非使用弓、矛，主要是採毒殺、吹箭等靜態的近距離刺殺手法。

可說是以殺人爲職業的集團。

而且「赤眉」的殺人武器就是這種「小頭兒」。

「若不是從組織選出個子小、健康的小孩，就是綁架符合某種條件的嬰兒，把孩子放在僅開一個排泄用洞的壺中養育，只露出頭來餵食。等到成長到某種程度時，就換裝在另一個也只開一個排泄用洞的圓形竹籠中，然後逐漸加大竹籠的直徑。爲不使其長太大，把大小定在四十公分左右，但也不能太嚴格，以免弄死，總之很巧妙調整籠子的大小。」

被選爲小頭兒的孩子，在壺或籠中聽課或讀書，接受徹底的間諜教育。長大成人之後，組織判斷「可以使用」時，就命令「小頭兒」開始執行任務，有時被放在送給政敵的禮物箱中，有時躲在女間諜的衣襬，有時混在群眾的腳邊，伺機攻擊敵人。

這種小頭兒以其小小圓圓的身體，以及徹底的英才教育，可以躲過任何警備網。不過這種暗殺集團本身很早以前就被鎮壓而瓦解……。

……難道在近二十一世紀的香港，依然存在這種小頭兒嗎？

王先生如下說明：

「餐廳的小頭兒若不是被敵人殺害，就是在完成任務後被殺人滅口。因爲香港是個很神秘的地方，發生這種事也不值得大驚小怪，不僅充斥黑社會，正牌的間諜也如過江之鯽，就算有某個幫派像過去般養小頭兒以供使喚，也並非不可思議之事。」

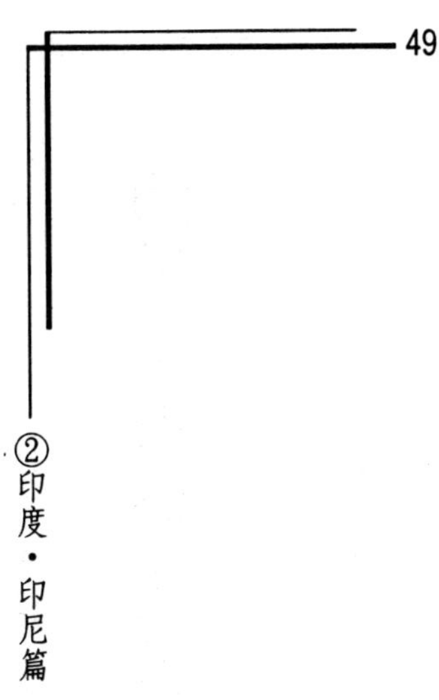

②印度・印尼篇

前世與現世的夾縫（印度）

這孩子在說什麼？

這是距今約七十五年前，在印度德里發生的一則故事，也做爲醫學記錄留在政府資料中。

※　※

在德里的一條住宅街，某富裕人家生下一個女嬰。

女嬰的父母將她取名爲希巴爾布。就如同富裕人家的小孩一樣，這個孩子也生得白白胖胖的，身體健康，不像神經質的孩子經常哭鬧，讓人帶得很吃力。

女嬰只有肚子餓時或想睡、尿布髒時才會哭，其餘時間大都是乖乖的、不吵不鬧。對父母親來說，是不需太費心，好帶的孩子。

可是有一件事卻讓母親非常掛意。

就是希巴爾布偶爾觸碰家中的家具或看外面的風景時，會毫無理由的突然改變表情。

原本還心情愉快、笑咪咪的她，不到一秒鐘就突然緊抿雙唇，變成生氣的表情，雖然不會哭，卻似乎看起來心情不好。儘管只是一瞬間發生，但原本天真無邪的嬰兒，表情突然看似大人般，是有點不太尋常。或許幼兒的內心世界是有別於大人。

育兒經驗不太豐富的母親，以爲別人家的孩子可能也是這樣，因此起初並不太在意。

可是隨著一天天長大，這種情形也愈來愈頻繁。

看起來像大人的表情，心似乎飛到遠方般，這種情形每天發生不只一次。

而且這種變臉日益嚴重。

感到憂心的母親，終於告知丈夫：

「這個孩子好像有點不對勁？」

但是，丈夫卻回答：

「哪裏不對勁？在我看來既沒生病，也沒什麼地方疼痛，我想沒什麼啦！」

「可是……。」

「不要亂說，我怎麼看希巴爾布都是聰明、正常的孩子。」

母親每次擔心哭著對丈夫說，就被加以反駁，久而久之也認爲可能是自己胡思亂想，因爲同樣情形已發生過數次，習已爲常，而不再認爲孩子異常，就這樣數年過去。

可是當希巴爾布七歲時，父親就不得不同意母親當初的想法。

某天早晨睡醒的希巴爾布，突然對坐在床邊的母親說出這樣的話。

「媽媽，我以前住在奈尼塔爾。」

「妳這個孩子在說什麼。妳不是一直住在德里嗎？」

母親雖然指責女兒，心中卻感到毛毛的。因爲，希巴爾布竟然知道奈尼塔爾的地名，光是這點，就令人不可思議，她還不到在學校學習奈尼塔爾這個地名的年齡。

「可是我真的住在那裏，而且……。」

希巴爾布開始對心中毛毛的母親，說出奈尼塔爾的街道，和自己住家附近的事。

「我家圍牆旁有一棵大非洲木棉，我們小孩子經常爬上去玩。」

希巴爾布似乎去看過一樣的詳細描述。

看到眼睛注視著遠方，自言自語訴說的女兒，母親感到毛骨悚然。

「我在奈尼塔爾出生，嫁給當地的人。婚後是專職家庭主婦。生孩子，過著幸福的生活，可是在生第三胎時難產而死。當時周遭變得一片漆黑，而且愈來愈狹長，就像隧道一樣，因為看到遠方有光線，所以朝那個方向走去，之後就看不太清楚了……。」

……這個孩子愈來愈不尋常……。

臉色發白的母親把事情告知回家的丈夫，但丈夫卻回答：

「妳又想太多了。小孩子都會偶爾說出一些奇怪的事嚇唬大人。」

「不，這個孩子的腦筋有點問題。不論我怎麼說你都不相信，她從小就怪怪的，常和孩子共處的母親最清楚。萬一是精神病怎麼辦……」

激動的母親，不停地哭。

於是丈夫答應明天兩人就帶希巴爾布去看精神科醫師。

醫師在對希巴爾布診斷完畢之後，告訴雙親：

「令千金很正常，現在看不出有精神病。這種情形經常會發生在孩子身上，可能是她聽到附近太太們的談話，編成自己的故事說出來。不過爲了以防萬一，你們可以把孩子說的話全部記下來。」

雙親便依照醫師的吩咐，記下女兒所說的話，可是內容從頭到尾都一樣，前後一貫，而且隨時間經過，更爲具體而細微，更具真實性。

當希巴爾布長大學習語言，吸收的資訊更多，能夠邏輯思考事物時，所說的內容也更爲豐富，不過，除了偶爾會說出一些奇妙的故事外，在學校的成績也不錯，也會和好朋友玩耍。

……也許是相信投胎轉世的說法而自己編出來的，只要不去理會那種奇怪的妄想癖，將來應該能過正常的生活吧！……。

父母也看開一半，而不太在意此事。但是，在孩子十歲時，有次因事被母親責罵，卻以肯定的語氣說出以下這番話。

「媽媽這麼責罵我，但我以前名叫阿爾巴，是很會作菜的標準主婦，親戚、丈夫都對我讚不絕口呢！」

希巴爾希終於說出自己前世的名字。

「唉啊，愈來愈糟了。她打從心底就認爲自己是不同人投胎轉世，而且毫不疑惑的任意編故事。」

有教養的企業人父親，完全不信印度自古以來流傳的投胎轉世說法，因此認爲女兒的話是妄想。

「我是你的母親」

可是某天終於發生讓這位父親不得不感到事態嚴重的事件。

這天，母親在做家事時，似乎有客來訪，因此希巴爾布就去應門。

「希巴爾布，是誰來了？」

母親從裏面問，但卻沒有回答。

「希巴爾布真是的！」

當母親走到玄關處時，正在和訪客談話的女兒立即回頭對母親說：

「媽媽妳聽聽，這人是我丈夫的親戚！」

「初次見面，正好找妳先生談公事，打擾了……。」

玄關站著的中年男性露出驚訝的表情。

「剛才和令千金的談話讓我很吃驚，她所說的住在奈尼塔爾的她的丈夫確實是我的親戚。而且在十年前去世的妻子阿爾巴也真有其人，我曾受到阿爾巴不少照顧。令千金記得我的面孔，那她一定是阿爾巴投胎轉世。」

母親、這個男人，當然還有希巴爾布，都是第一次見面。只有父親因工作關係，以前就認識這個男人，但也不太熟。母親也不得不承認這個男子現在到他們家或許是天意。

於是，把此事告訴丈夫，但頑固的丈夫還是不信，決定明天再帶女兒去看醫生，這晚身體感到有點不舒服，所以早早就上床就寢。

翌日，雙親把希巴爾布帶去精神科，告知一連串發生的事。

醫生在立場上想從偶然的行爲和精神異常的觀點，來說明這件事，父親也頗有同感。

但在說明當中常被母親反駁。

看起來並不想醫治希巴爾布，而是一心只想說服頑固的丈夫。

「那麼，爲什麼她從小時候起，說的故事內容都一樣？又爲什麼和來訪的陌生人談話內容完全吻合。而且那個叫做阿爾巴的女人，正好在孩子出生的十天前去世？」

「太太，這樣好了，我們現在只好查明事實關係，總不能馬馬虎虎處理這件事。」

就這樣，成立醫生以及查明真相的科學家小組，開始「揭露」希巴爾布轉世的實驗。

他們先把希巴爾布和父母隔離，把她帶到從德里坐火車需要十小時車程的奈尼塔爾的街上。從火車下來的希巴爾布，竟然使用不應該懂的，和印度話完全不同的當地方言，開始和周圍的人流利交談。

而且被矇上眼睛、坐在汽車上的她，竟能引導眾人前往阿爾巴居住的家，抵達之後也很理所當然的走進去。

而且叫得出留下的二個孩子的名字。

「我就是你們的母親。」

並憐惜的緊緊抱住以自己一命換來的第三個孩子。

等到這家主人回來時，情緒激動的表示：

「啊，老公，我們終於見面了。」

對方還搞不清楚怎麼回事。

十歲的希巴爾布隨即以大人的口吻問對方，並抱著對方開始哭泣。

「我死後你過得如何？」

「公公還好嗎？」

希巴爾布和這家主人，開始細數只有二人才知道的各種私事。

一開始感到迷惑的這家主人，因希巴爾布的話而漸漸變得自然，也開始像對妻子生前般的態度來回答。

在這一瞬間，二人之間早已超越時間、距離、外貌的障礙，連科學家都無法解釋這件事情，變得啞口無言。

因爲不論怎麼挑剔，也找不出任何可疑之處。

所有事情都如希巴爾布所說，足以證明她說的都是事實。

這件事過後不久，希巴爾布和自己前世的家來往密切，和「前夫」和孩子們都處得很愉快，不過隨時間的經過而逐漸變淡，不久，她遇見現世的丈夫，共組家庭。

據說成人後的希巴爾布，曾告訴周圍的人說：

「在年輕時，前世和今世的境界模糊，讓我感到很迷惑，但是，成人以後的現在，已經完全習慣今世，所以也不再迷惑，不會再去想前世了。前世的回憶已不大記得，彷彿是做了一場夢，留在我心中。」

因果報應的暴風（印度）

沐浴場漂蕩不少遺體

住在巴那拉斯（貝那列斯）的青年巴爾馬，是個受過高等教育的現代小孩。或許是在大批觀光客或巡禮者來訪的土地長大，不僅交了許多外國朋友，也曾拿獎學金留學英國。

因此，對小時候聽祖父母說的印度古代流傳的妖怪或惡靈故事完全不信，認爲是「迷信」。

直到發生那件事……。

※　　　※

「你記住，在打哈欠時一定要用手掩住口，否則『普特』會從口進入，傷害喉嚨。如果喉嚨受傷，只是暫時發不出聲音還算好，萬一連靈魂都被抓走，那就糟了，你知道嗎？」

孩童時代和巴爾馬住在一起的祖父，經常如此告誡。

「爺爺，什麼是普特？」

「就是惡靈的一種。」

「那什麼是惡靈？」

「被殺害或意外突然死亡，違背神的意見自殺的人，如果沒人為他辦喪事，就不了解自己已經死亡，而變成普特。一旦變成普特，就不能納入輪迴，而永遠在那個世界和這個世界邊緣徘徊。」

「那是不是就像在恆河漂流一樣。回到恆河就能脫離輪迴（因果報應、投胎轉世）的輪，而獲得解脫。」

「不，和解脫不同。解脫是捨棄肉體，從因果或痛苦被解放，和永遠的存在成為一體。普特不僅不能捨棄肉體，就連自己已非肉體都不知道。死亡的本人，連自己都不知道自己已經死亡，當然不能獲得解脫，依然懷著痛苦和煩惱，以及在生到死前被束縛一樣的因果，永遠徘徊。因此我已告訴你父親，將來我死後，一定要為我辦喪事。簡單樸素即可，但一定要辦喪事……。」

「在哪裏？」

「你說普特嗎？到處都有。尤其是在水邊、黴菌多的潮濕地方、墓地、焚場等更多。因為普特容易溶在污水中。」

「如果靈魂被抓走會怎麼樣？」

「有時會變成活普特，有時也會死掉。無論如何都會成為普特同夥。活普特是活生生看著那個世界和這個世界的邊緣而徘徊，變成活普特，不久死亡時，就永遠成為普特而徘徊。」

※　　※

「簡單樸素即可，但一定要辦喪事……。」

說這話的祖父，在巴爾馬出社會工作的第二年因年老體衰而去世，巴爾馬的父親依照承諾為祖父辦喪事。

成人後的巴爾馬，完全忘掉祖父過去經常提起的普特的故事。

因為祖父是壽終正寢，所以全家人都認為是好命。

巴爾馬的家在階級制度上屬於平民，並不特別富裕。

但是，父親爲告慰信仰虔誠祖父在天之靈，在恆河河畔的馬尼卡爾尼卡・喀特（火葬場與沐浴場在一起的場所），用木材燒祖父的遺體。最近因木材漲價，一般人買不起，因此有錢人用木材燒，窮人就用電燒，但父親爲祖父而不心疼的買木材來燒。

如果用電燒，很快就燒完，但用往昔的木材燒，就很花時間。

他們將白布包裹的祖父遺體放在竹製的擔架上，在朝霧中運到馬卡爾尼卡・喀特，然後放在直接連接恆河的石階上架好的木材上，點火。

巴爾馬和家族一起坐在火葬場的石階上，從頭到尾看著祖父燒成灰。

在火化的遺體的水面，沐浴的人開始潑水淨身。

人們對遺體根本視若無睹，專心注視著從彼岸升起的如臉盆般的太陽，虔誠的禱告。太陽升高不久的同時，祖父遺體的周圍也開始升起火焰。

「不行！不能這樣！」

在茫然注視火焰的巴爾馬背後，傳來大聲的怒罵。

就在此時，只見一名手持相機的白人女性正拔腿就跑，她是來拍「貝那列斯的火葬」的觀光客。

父親說：

「如果是其他的火葬場又當別論，但唯獨馬尼卡爾尼卡・喀特，絕不能讓人拍攝。」

一旁的哥哥不解地說：

「爲什麼外國人喜歡拍攝這種場面。」

原來，大聲怒罵禁止偷拍的是一位陌生的義工。因爲悲傷的遺族就算發現有人在現場拍攝，多半也沒辦法立即出言制止。

因此，在這處火葬場常有義工駐守，負責驅趕那些未經許可偷拍的觀光客。或許是覬覦未燒燼的屍體，遠處有三、四隻野狗聚在一起，觀望火焰。在焚燒遺體的恆河對岸，已經有許多人開始沐浴。

在人群的腳邊漂流著剛死的小嬰兒遺體。

也有可能是僧侶的遺體，將身體對折、僅腰部浮出水面漂流其中。

坐在一旁的哥哥說：

「嬰兒或僧侶處理較不費事。」

母親接著以半開笑、半正經的口氣回應：

「包括木材的費用。」

一般認爲純潔無瑕的嬰兒或在現世修行的僧侶，即使不像其他人一樣火葬，但只要在恆河放流，就能獲得解脫。

在印度，輪迴的思想深植人心。

前世的惡行、病痛、貧窮等痛苦、悲傷之類的負面事件、感情，如果不能在現世解決，就會變成因果，在來世繼續下去。

認爲轉世爲人很幸福的只限那些有點錢財之人，至於那些被稱爲賤民、以乞討維生的人——爲了賺取同情，他們不惜弄瞎自己孩子，或打斷孩子的手腳——則認爲死後的世界要比現世更好過。

不過印度的宗教卻認爲，如果在現世無法克服飢餓或病痛、貧窮等苦惱，即使選擇自我結束生命，也不會獲得救贖。

人一旦死亡，會因輪迴而再投胎轉世，有人轉世爲動物，不過即使再轉世爲人，其生前的痛苦仍會在來世繼續下去。因此，印度人希望切斷這種輪迴之輪，不管是現世、來世或死後的世界，都能擺脫因果，變得煥然一新。因爲若不切斷這種枷鎖，未來永遠會反覆同樣的苦痛。

這種事令人無法承受，因此人在活著時要沐浴，死後變成灰，將身體浸在這條恆河，因爲恆河能夠完全溶解因果。

睜眼一看，在距離水深河岸的河面，偶爾會出現大魚沈浮的背鰭。

有些家族可能因住太遠，無法搬運親人遺體，所以把裝在骨灰罈的骨灰從河邊放流，也有女人蹲在旁邊，清洗鮮豔的布料。

被放流的骨灰會隨著流勢緩慢的河流，漂到在下游沐浴的女孩們衣服上，女孩們以雙手捧起浮灰的水，喜悅的從頭淋下去。

不知從何處傳來低沈的頌經聲，被人肉吸引來的野狗大聲吠叫。

想到自己出生很久前——因衰老去世，現在被火葬的祖父，出生前，早已傳承數千年的這一幕光景，留學英國回來的巴爾馬，對這塊土地的風俗感到有些沈重。

乾季的恆河，不論是清是濁、活人死人、時間空間，全部照單全收而予以溶解，慢慢流逝。

在白霧般的東西中有無數張面孔

不久，包裹祖父的白布燒燼，露出平躺的遺體。火焰中的遺體雖仍殘留其生前的面影，但已變得焦黑。

火舌無情地吞噬遺體的頭部，顯現出眼部凹下去的頭蓋骨。

想起祖父生前的表情，巴爾馬對直接面對死亡不禁感到一陣恐懼。

就在此時，巴爾馬似乎看到火焰中應該平躺的祖父遺體微微顫動。

同時……。

「啪、啪。」可能是火材被燒裂開發出尖銳的聲音，燒到一半的祖父遺體突然仰起身來。

「唉啊！」

哥哥可能也看到，二人像彈簧般同時站起來。

但坐在一旁的其他家人，依然鎮定的坐著。

巴爾馬放下掩面的雙手，鼓起勇氣再看一眼祖父。

遺體仍然在動，但已不像剛才那樣突如其來，這次看起來似乎是緩緩仰起上半身。就像慢動作一樣，祖父的遺體速度緩慢的仰起，仰起後就以向右邊曲膝的姿勢倒下。

接著是彎曲背、抱膝、身體對折的姿勢，然後動作就停止。

「……爸爸！」巴爾馬露出小孩般求助的眼神望著父親。

父親邊點頭表示，我知道，我知道，然後說：

「你看，爺爺的遺體在燒成灰之前未向後仰，而是呈向前彎曲的形態，這是胎兒在母親腹中的姿勢。如果遺體向後仰，來生就會轉世成蛇或蟲、其他生物，但爺爺卻是呈現人類胎兒的姿勢，所以一定會轉世爲人。如果不把骨灰放流到恆河，爺爺就會轉世爲背負同樣因果的人，嘗到同樣的苦痛，因此才要在恆河放流來切斷因果輪迴。」

在父親講話中，燒成焦黑的遺體已變成灰白色，從腹部附近斷裂成模糊的形態，不久就變成灰。

※　※

一小時左右後，巴爾馬的家人把祖父的骨灰放流到恆河。

不知從哪兒來，專門負責清掃骨灰工作的人，用畚箕清掃留在石階上的一些骨灰，將其全部放流到河裏。

太陽已不知不覺西下，搭載觀光客的小船，從遠方的河面漸漸駛回。

巴爾馬心中惦記著最近幾天因辦喪事而沒去上班，因此決定不和家人一起回家，先去一趟離火葬場不遠的辦公室再回家。他告別家人：

「我很快回來。」

但才走到因乾季而裸露出的火葬場小船放置處，突然有個念頭閃過腦海。

「……不如明天再去吧！……。」

巴爾馬突然對去辦公室感到麻煩。

前不久還一直惦記著公司，現卻變得毫不在意。

也就是突然失去幹勁。

「沒關係，今天不去了，明天再說……」

巴爾馬立即掉頭追趕已走遠的家人。附近恆河白天的喧囂似乎是假的一樣，變得一片寂靜。

啪、啪。

可以聽到波浪啪打被綁住小船底部的微微聲音，氣溫也瞬間驟降。

恆河的上空開始出現閃爍的星星。

最近這幾天真是忙得焦頭爛額。想到天氣晴朗，明天可能又有大批觀光客湧入此地時，尚未開始工作，疲憊似乎隨即湧現。

「啊……。」

巴爾馬面向恆河，伸了個大懶腰。

就在望向家人走的左手邊火場方向時。

突然聽到「咻」的聲音，一塊白色模糊的東西，以極快速度從地面一公尺左右高的地方向他接近。

咻、咻的聲音隨著白色東西接近而變大，一瞬間巴爾馬宛如置身暴風中，風雨交加，眼前立即被一片白霧籠罩住。

一瞬間，似乎看到白霧中有無數個拳頭大小般雪白如棉花的人臉在蠕動。

「唉啊！」

巴爾馬不由發出悲鳴的同時，如大麵包般的東西，進入張開的口中，梗住喉嚨，而且感到有很重的大塊物體碰撞背部。

瞬時失去知覺。

醒來時，滿身大汗的躺在家裏的床上。

「到底發生什麼事？地震嗎？」

環顧四周的他，問父親：

「你在胡說什麼啊！能醒過來已經很命大，你因湧出偷懶的念頭而被普特附身。」

「什麼？」

「……普特……普特……!?」

——普特會抓走靈魂，因此在打哈欠時，一定要用手掩住口——

巴爾馬終於想起祖父在他小時候告訴他的話。

「還好你母親聽到你的喊叫聲，大家趕緊把你丟進恆河，才救了你一命。」

「……」

被白色模糊的東西襲擊……，巴爾馬只記得這些。

還記得如置身暴風中的感覺，接著就在家裏的床上醒來，這中間什麼都不記得，也沒有感覺，有如真空狀態，連夢都沒有做。

那真是普特嗎？巴爾馬迄今仍心存懷疑。但如果真是普特，自己在一瞬間變成祖父所說的普特，搞不好在那無數的臉中也會有自己的臉。

無論如何，那種暴風般在全身感受到的壓力，確實令人毛骨悚然，或許就是所謂的因果報應吧！

※　※

不久，巴爾馬的祖母去世，但他至今仍在巴那拉斯的旅行社勤奮的工作。

暴屍荒野（印度）

像夢般的日子急轉直下……

這則故事是一位認爲只要跟著同行者，一切就沒有問題，而不做任何調查就漫不經心去印度旅行的女孩的親身經歷。爲免對各方面造成不便，因而在地名、飯店名稱等均使用假名或省略不提。

鈴木小姐，在學生時代就對精神世界很感興趣。不僅閱讀很多這方面的書籍，也多次參加冥想會。雖然，很想來一趟印度之旅，但一拖轉眼已到了專科畢業時期。

一畢業又即將投入社會，而且工作性質很難請長假，所以急著想趁春假去一趟印度。內心著急的她，天真地打電話問在冥想會認識的一位朋友，「我該怎麼去？」

豈料對方告知：「我們正準備組團去，不如妳也一起來吧？」對這種意想不到的回答，鈴木感到欣喜若狂，決定一切交給對方去安排，答應參加。

※　　※

旅行的前半段一切順利。

他們以孟買爲中心，一團人逛得很開心，聽古箏的悅耳音色，大啖美味的咖哩飯，購買許多便宜又漂亮的印度紗麗，晚上下榻在安全的高級飯店。

然而好景不常……。

預定二週的行程後半段，安排前往搭一小時飛機的某地深山，據朋友表示要在此「會見聖人」。

聽說是位超能力者，占卜未來的機會高達九成。

「啊，太棒了，好像很有趣！」

鈴木小姐就傻傻地相信對方，安心的跟他們去。

可是，第二天早晨突然變更預定行程，因爲飛往該地的飛機班次少，訂不到適當的班機，一行人只好改搭汽車前往。

似乎已經事先講好，一輛稱不上計程車，也不是小型巴士的破舊汽車，及時來到飯店接人，此時鈴木才知道這趟行程並非旅行社安排的，完全是這幫朋友自行湊人數帶去的。

開了十四小時凹凸不平的山路，一行人終於抵達那位聖人居住的山，也訂好廉價的住宿飯店。

此地似乎聚集許多來自世界各地的年輕人，有白種人、黃種人。

而且抵達第二天起就要排課程。

全體人員被發給不知道是什麼東西的飲料，喝這些飲料，聆聽不知所云的說教，講者雖然使用英語，但鈴木小姐卻幾乎聽不懂。睡覺起來，吃清淡的食物、喝飲料、聽說教，之後還排定瑜伽般的肉體訓練。

某日，有名白人青年闖入她住的房間，差點被對方強暴，當她奮力擺脫逃出來，告知飯店員工和朋友，卻沒人相信，不予理會。

而且，在行程的最後一天，她因嚴重下痢無法下床，附近沒有醫院，其他成員帶來的藥也已用完。

飯店給的藥一點也不見效。

此時，旅行團的人開始準備回程。

翌日下午，她雖仍然不停下痢，但似乎已度過最嚴重時期，意識開始清醒，豈料同伴卻無情的丟下她一人不告而別，搭機飛回孟買。

而且從孟買回日本的機票在朋友身上，如果明天傍晚前不回到孟買，就回不去日本，但幸好自己身上還有點旅費。

問過飯店員工才知道飛往孟買的班機很多。

可是不停下痢，她即使想動也動不了。心想拉光大概就會好一點，只要不再拉，搭飛機一小時就能抵達，於是她決定搭飛機回去。

遙遠而險惡回孟買的路程

翌晨，鈴木小姐的下痢終於停止。

「真幸運！可以回去了。」

她一手按著側腹、一手拖著行李，決定徒步三十分鐘去機場。但可怕的事情從此開始。

沿途看到森林或路旁、山上，散落一塊塊和景色不搭調的大片金屬，而且愈走數目愈多。

即使心中存疑，仍不在意的走向機場，但不久終於了解那是飛機的殘骸。

而且從其大小與數量來看，不只二、三架而已。

走到機場附近的沙漠時，看到一架摔得不成形的飛機，被棄置在那兒。她心想：

「是假的吧!?……。」

從飛機的殘骸可說明事故有多少，而且都未清理的被隨意棄置在荒野。

……萬一搭上這種飛機，一定沒命……。

鈴木小姐毫不遲疑的掉頭就往回走。不知怎麼走的，終於走到一家看起來像樣的飯店，她用很破的英語對飯店員工編了個天大謊話。

「我是日本皇太子的朋友，今天必須搭孟買飛日本的班機，我有錢，請派車子送我一程。」

正當櫃檯員工不知所措時，似乎聽到這段對話而從裏面走出一位嬉皮模樣的白人，和櫃檯員工說了一些話之後，表示自己認得路，可以送鈴木一趟。

鈴木終於坐上車。

可是才一發動車，司機就從口袋掏出大麻，點燃抽起來。

前往孟買的山路異常險惡，路況也很糟，這在來時已很清楚。路面凹凸不平，道路又狹窄，車子一旦偏離五十公分，人車就會掉落深谷。

在這樣的道路上，司機卻一副不要命似的抽著菸，哼著歌，一路狂飆。

……這種開法不出事才怪，能捱上十四個小時車程嗎？就算平安無事抵達機場，萬一趕不上飛機怎麼辦？應該搭飛機才對，而且假使這名司機是個壞人，在這裏把我強暴丟棄，我必死無疑……。

鈴木在車子搖晃中，頭數次碰撞到車頂，不只要忍受這種身心煎熬，也要和下痢作戰。

終於不敵這種恐懼的折磨，在後座又吐又拉。一旦開始上吐下瀉，就停不下來，車內瀰漫一股臭味。

不過，好在司機似乎並未察覺。

……不管了，豁出去了……。

鈴木的意識逐漸變得模糊。

醒來時，自己正被陌生男子抬到擔架上，原來這些人是印度警察。

警察似乎要把司機帶走。

後來鈴木坐警方的車子，不到三十分鐘就抵達孟買的機場。

原本預定和旅行團搭乘的班機早已起飛，警方確定她能走路之後，給她一套新的內衣褲，然後被帶到偵訊室，在回答二、三個問題後，被強制送上飛往日本的班機。

當然旅費是自付，在日本付款。

總之，鈴木後來平安無事返回日本。現在仍在東京過著女上班族生活。

可是她本人迄今仍搞不清楚是怎麼被警方所救。是不是因在車內下痢，司機開到街上時連絡警方，還是完全相反，那個白人壞蛋正想下手時被人發現報警，抑或是突然在路上遭警方臨檢而獲救……。

在日本的朋友或雙親均表示，沒刊登在報紙社會版上就已經很幸運了，直呼她能回來已是不幸中的大幸。

返國之後，在周遭人的催促下，她連絡先回來的朋友，要求歸還回程機票，但對方卻推說並未代爲保管。

怎麼會這樣，於是決定親自去找那人，但對方已經人去樓空、不知去向。對有關這趟印度之旅，她迄今依然搞不清楚到底是怎回事。

當她對朋友說害怕印度，不敢再去時，大家都一致反駁她，「妳這人才可怕呢！」

黑色魔法（印尼）

侮辱聖木的友人

起居室的電視正在報導一架外國客機墜落關島山中的空難事故。

「啊，還是發生了……」

看著電視的內藤政彥（二十二歲、學生、假名）自言自語地說。

五年前的一個寒假，內藤把打工存下的錢，做爲和朋友一起去印尼峇里島的旅費。

當時搭乘的班機遇到雷擊，心中非常害怕，而那架飛機遭到雷擊的地點，正好是現在新聞報導的那架客機墜落的附近。

他愈想愈覺得當時自己看到的是不存在這個世界的某種東西。他說：

「曾和我搭同班飛機的人，看到這則新聞報導時，可能也會聯想到當初。那個地點氣流差，容易發生亂流，這次的空難一定也是相同原因造成，相信不只我一人這麼想。我很清楚……關島那座山的上空是個可怕的地方。」

五年前，大學一年級的內藤放寒假。

愛好民族音樂的他，和興趣相同的小林結伴去印尼旅行，並前往峇里島收錄道地的甘姆蘭音樂。

「當時日本的航空公司正好開始和峇里島通航，旅客很多，若不早點訂位可能一票難求。但等到存夠錢時已是十二月中，很難訂到機位，所以只好搭乘印尼航空公司的班機前往。」

去程非常舒適，飛機平穩地幾乎沒有搖晃，在飛經關島抵達峇里島。

「可能是有大批觀光客，因此在下機時拿到小刀等各種紀念品，我還對小林說，坐起來比日本的航機還舒適，而且空中小姐也很漂亮。」

峇里島是處最佳的度假勝地。

那年日本特別冷，但地處熱帶的印度卻很炎熱。

二人連日來以飯店爲據點，白天巡訪各名勝古蹟，傍晚就去參加各地舉辦的祭典活動，享受民族舞蹈和甘姆蘭音樂。

眾神之島的峇里島到處有各式各樣的聖域，小從家廟（舊時人家庭院祭祀祖靈的墓），大到祭祀太陽神所代表的八百萬種神祇寺廟，也有信奉陰間神、靈力的所謂黑色魔法的寺廟。

內藤和小林，因爲認識一位在當地以畫人像維生的日本人，故在他充當導遊下，也參觀過這種黑色魔法的寺廟。

久住當地的這位日本素描家，一面帶領他們參觀一面說出如下這則故事。

「當地人都相信黑色魔法，但我認爲那是迷信。可是不記得是哪一天，我看到山腰附近隨著炸彈爆炸聲飛舞的巨大火球，我直覺認爲一定是發生什麼事故，但，聽說是該地區村與村之間發生紛爭，各村均分別請來黑色魔法的法師作法，以致黑色魔法的神力一到晚上就飛來飛去。這種事，在當地已是家常便飯，因此當地人也見怪不怪，只不過真心誠意敬畏黑色魔法。我因親眼見過，所以也不得不信。」

他並警告兩人，絕對不要以輕侮的態度來參拜，接著帶到位於海岸附近的某座黑色魔法寺廟。

「如果說其他寺廟是正派的神力，那黑色魔法寺廟就是邪惡的神力，如果說其他寺廟是白天的寺廟，那黑色魔法寺廟就是夜晚的寺廟，就是這種感覺。裏面祭祀的神像或寺內裝飾都很稀奇古怪，讓人毛骨悚然。只是不知道寺內的員工是否也可稱爲僧侶，這些人經常面帶微笑，看來和普通人一樣，讓人感到安心。」

內藤抱著參訪其他寺廟時一樣的心情，將該寺視爲根植已久的地區傳統，真心誠意的雙手合十。

「小林都沒這麼做。」

一進入寺內就說：

「這是什麼玩意兒？」

「好像古代的迷信教團仍留到現在。故弄玄虛的，就像遊樂場佈置的鬼屋一樣。」

小林邊說邊用手掌拍打種在庭院、被視爲神木的大榕樹。

這位素描家以不安的表情提醒他：

「你這麼做，我不敢保證會發生什麼事……。」

然而素描家的擔心似乎是多餘，因爲旅遊中二人的身體狀況都不錯，也沒碰上國外旅行常發生的竊盜。

「最後度過愉快的二個禮拜，就打道回府……。」

橫越窗外巨大的手

這起「事件」是發生在回程的飛機上。

前一晚，兩人心想是最後一夜，於是舉杯暢飲一番。

因此第二天趕赴機場時，差點趕不上飛機。

「因爲是晚上起飛早上到達的班機，兩人認爲起得來，而一直喝到第二天中午。」

回程的飛機上，二人原本想坐在一起，豈料未能如願。

「二人都坐在靠窗的位子，一前一後，我的座位正好在機翼稍後方，雖然也看得到下面景色，但從窗外看出去幾乎都是機翼……。」

飛機在夜幕低垂的機場起飛。

心想下次再來印尼不知是何時，因此想專心眺望上空來告別一番，真後悔前一晚喝那麼多酒。

飛機也和去程一樣，飛經關島機場。

不知飛了多久，在吃完機內提供的晚餐、喝啤酒時，前座看著窗外的小林，突然回頭對內藤說：

「喂，那是什麼？」

「你看看是不是ＵＦＯ（幽浮）。」

朝小林所指的方向看去時，只見眼前有無權的紅光跟隨他們這架飛機飛舞，忽明忽暗地。

飛機似乎開始微微搖晃。

「那個東西好像沒有移動？像是地上的光。也許這架飛機現在飛在山上，那個紅色東西可能是告知飛機此處有高山所打的信號燈。」

「可能是吧！現在好像正飛在山上。」

「話是沒錯，但也太貼著山頂飛行，有點可怕。如果沒有信號燈，飛機可能會擦撞到。」

就在二人談話之際，飛機突然發出咚的激烈衝擊聲，接著，機身開始上下振動，座位與餐具嘰咔作響。

「是什麼啊！難道是ＵＦＯ嗎？」

有懼高症的小林，帶著玩笑語氣叫著。

此時，機長以英語廣播告知因氣流不佳，所以飛機在搖晃。

不久，飛機上下左右搖晃得更激烈，擺在座位前面桌上的咖啡杯也飛起來，機上播放的電影螢幕也消失。

飛機愈晃愈厲害。

「外面的天候到底如何？」

為使心情穩定下來，正想推開窗板看外面的內藤，突然間楞住。因為就在推開窗板，露出窗戶的一瞬間，看到窗外唰地橫越一隻人手。

「我懷疑自己的眼睛，自己告訴自己是因恐懼才看到奇怪的幻覺……。」

再往外一看，似乎在下冰雹，看到細粒的冰雹碰撞窗戶破碎的情形。

小林卻一語不發。

「人在碰到真正恐怖的事時，通常會安靜下來，我自己也一樣。如果還會喧鬧叫喊，表示尚不至於那麼害怕，因爲從其他乘客也一動不動，就足以證明。」

窗外是一片漆黑，信號燈的光已看不到。

斜下方可看到飛機的右翼。氣流似乎感覺很強，右翼被震得抖動起來。

「就在此刻，翼端不知是什麼名稱的開閉處，可能以開閉來調節氣壓……，出現模糊的白光。」

……那個裝置到底有何用途……？

機身繼續不停地搖晃。

內藤認爲如果此刻慌張起來太丟臉，因此按奈住勉強自己凝視這個光。

「你認爲那是什麼呢？我認爲可能是某種裝置，但仔細一看，竟然是人的頭，就像在機翼綁了個大木偶的頭一樣，而且是男人的臉。宛如凝固的雲，或是棉花糖一樣，就是氣體凝固成形的感覺。而且因行進方向氣流的影響，臉的線條有時會變形，但很快又恢復原狀。由於是面向飛機行的方向，因此我看到的是男人的側臉，而且這個頭還不小，因爲我們坐的是巨無霸機，如果能從窗戶看到機翼尾端的東西，表示還蠻大的。」

看似模糊白色發亮的東西，完全看不到臉色，不過的的確確是個面無表情男人的頭。

「當時從推開窗板到發現這個情形，感覺似乎過了很長的時間，但其實只有十秒左右。而且那個面向側方的頭還向我這邊瞄了一眼。」

「唉啊！」內藤嚇得隨即拉下窗板，閉上雙眼。

就在此時，又發出咚的聲音。

機身受到嚴重衝擊，開始大幅振動，就像電梯向下墜落的感覺，機身垂直向下墜落。

「差點快嚇昏了。有些女乘客真的已經嚇暈過去……，我心想完了。但不久又開始激烈搖晃……。」

十五分鐘後，機身就像雲霄飛車一樣不斷搖晃，最後終於停下來。

一會兒機長又再度廣播告知：

「剛才本機遇到雷擊。」

內藤說，廣播之後，飛機飛抵關島機場僅二、三十分鐘而已。遇到雷擊就是在關島機場的附近。

「我和小林，飛抵成田機場前未再交談，似乎唯恐再聊天會再遇到恐怖的場面，所以就一直保持沈默。」

內藤後來把自己看到的情形告訴小林，是抵達成田機場的大廳。

「小林，我也許是陷入恐慌狀態，其實那架飛機……。」

小林未等我說完，就接下去說道：

「是雷擊的時候吧!?」

原來小林推開窗板時，也看到像巨人般的大手，慢慢擦過窗戶。

二人從旅行袋拿出冬天的大衣穿上時，心想能活著回來真好。

當大廳的自動門打開，接觸到日本冬天冷冽的空氣時，似乎才把他們拉回現實。

「那次在電視新聞報導的空難地點，就在我們那架飛機遭到雷擊的附近。也許真有一年中氣流惡劣的地點，因此也難怪會一再發生事故，而且我和小林就在那時看到怪東西，也聽過黑色魔法的故事，而且那架遭遇事故的飛機好像也是從峇里島的回程……。」

※　　　※

那處上空是否有如同地縛靈般的東西在拉扯乘客，抑或是通往異次元入口般的東西，……不，也可能是因爲侮辱過黑色魔法所受到的懲罰。

我雖不肯定，但絕對有什麼東西，內藤如此說。

「小林說他絕不再搭飛機，如今我們兩人已不太連絡。」

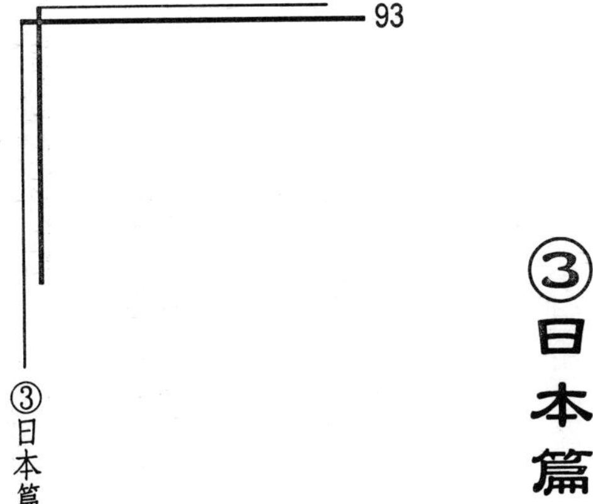

③日本篇

太長的兜風（日本）

原本開心的堂兄突然不再開口……

自由作家柏木光世小姐（二十八歲、假名）被夥伴喻爲神秘女廊，因爲她的靈感比一般人強。

柏木小姐所經歷過的恐怖事件不勝枚舉，以下這則故事是她認爲「最恐怖，弄不好可能就沒命」的親身體驗。

柏木小姐的故鄉在長野縣鹽尻市，在東京工作的她，每年歲末歲初都會回鄉探視雙親。

最近因爲中央高速公路新建隧道，大幅縮短行車時間，因此開車返鄉的朋友也變多，而常被邀一起同行。

如果留意錯開擁擠時段，車程只有三小時。

算算大家分攤高速公路的過路費，交通費不到國鐵的三分之一，而且直接送到家，因此可說是既舒適又方便的方式。

儘管「一起開車回去」是很划算的方式，但她只要一聽到「開車」，就說「算了」，頑固的拒絕。是什麼原因呢？

因爲她在中央高速公路上曾有過非常恐怖的體驗。而這種心靈創傷在十三年後的今天依然未消失，「據說不只是中央高速公路，只要是高速公路都不走」。

※　※

這是距今將近十三年前的事。

因柏木小姐的奶奶身體不好，她和在八王子市工作的堂兄一起開車回老家探望奶奶。

雖然正值嚴寒時期，但並不像歲末歲初的返鄉季節。

很幸運地，奶奶的病情在他們到家後已經好轉，因此他們在親戚家住一晚之後，就又取道中央高速公路返回東京。

在此附帶一提，大她三歲的堂兄可能是遺傳的緣故，也是靈感很強的人，因爲除了這起事件之外，他又經歷各種不尋常的事，以致開始認真修行，打算入佛門。

他寧可放棄一流企業的職位也要出家，可能是，有過強烈的體驗之後終於開悟，而如此決定。

現在回歸正題。

柏木和堂兄料到當天會塞車，所以等到傍晚時分才從鹽尻市出發。從上諏訪的匝道進入，一邊欣賞割稻後鋪上稻草的水田及山上美麗的雪景，二人坐自用車行駛在中央高速公路上。

車上播放堂兄喜歡的古典音樂錄音帶。

「真幸運，奶奶病好了，我以爲這次很危險。」

「看起來還很硬朗。」

看到已恢復健康的奶奶，被奶奶帶大的堂兄似乎放下心中的一塊大石頭，愉快地哼著歌。

傍晚，駛往東京的交通狀況還頗爲順暢。

不久，堂兄突然說今天沒什麼車，不知開快點，多久可回到東京，不如試試看，說著開始加速到一四〇公里。

車子立即響起超速的警告聲音。

「算了，還是不要了！」

她勸告堂兄。

受不了車子響起的超速警告聲音，及速度太快的柏木，太過緊張而不禁發牢騷。

大概和飆車族開的一樣速度，從鹽尻到笹子啞口創下約一小時的驚人記錄（如今柏木才想到以安全駕駛爲宗旨的堂兄，爲何突然開起快車，也許是某種力量在作祟……）。

可是自抵達笹子啞口開始，原本哼著歌的堂兄，突然一語不發。車內的暖氣適中。

由於出家門才過一個半小時，因此附近還看到落日的餘輝。

但自從堂兄開始沈默不語之後，天色就漸漸變暗。只看到像白色漂浮東西的山上積雪，以及高速公路沿路餐廳閃爍的霓虹燈。

堂兄突然說：

「我們休息一下吧？」

畢竟已經飆到這裏，卻又突然想休息，柏木對堂兄此舉感到不解，而以挖苦的語氣回答：

「好是好，但好不容易飆到這裏，不如就一路飆回東京吧?!」

「不，我有點累了。」

堂兄將車子開到前方路邊的一家餐應。

二人在從鹽尻出發前就已吃過晚餐。坐在路邊餐廳桌子前的堂兄一語不發，也不點東西，一坐下就一口氣喝光一大杯水。

「你要咖啡嗎？」

點完自己的咖啡後，柏木就問堂兄。

「……嗯」

「你怎麼了？」

「…我有事想問妳。」

「問什麼？」

當柏木回答時，堂兄又說：

「不，沒什麼事。」

接著看手錶。

還不到八點。

「喝完了？走吧！」

堂兄自己說要去餐廳，可是卻似乎不想吃什麼，咖啡還剩一半就急著起身要走。

每輛車都有同樣的少女

柏木愈想愈覺得堂兄的樣子有點怪怪的。從餐廳出發後，即將進入連續隧道的難開路段。此時，附近已經完全變暗。

高速公路，而且又是空空蕩蕩的一條路，對駕駛來說是很容易打瞌睡的出事路段。看到堂兄一直沈默不語，爲免他打瞌睡，柏木儘量找話題聊天。

「唉啊，從這裏開始我也感覺怪怪的。」

此處是過了大月的匝道附近。

起初，因爲是單調的道路，因此，只聽到車子行駛的聲音。只有經過有道路標識或鐵塔旁時，行駛的聲音才有變化，可是，開始覺得這種聲音有點「異常的沈重」。

人是奇妙的動物，一旦感到沈重時，即使不想聽，也會注意去聽。

不久，柏木覺得這種聲音聽起來像是啊、哦的人的呻吟聲。

「我們聽聽音樂吧！」

爲緩和緊張的心情，柏木扭開收音機。

堂兄依然一語不發。收音機裏播放著貝多分的『田園交響曲』。

原本沈悶的車內，頓時變得朝氣蓬勃，但只維持一下子而已。

走沒多久，這次覺得有「窒息感」。就像是「缺氧」的痛苦，不打開窗戶就感到無法呼吸。柏木想開窗，正準備把手伸到門邊的同時，堂兄很快地壓下電動按扭降下車窗玻璃。

車內開著暖氣，但堂兄似乎並不在意，將所有窗戶全部打開，堂兄應該也和柏木一樣感到呼吸困難。

「車子是不是怪怪的？會不會是排放廢氣外漏？」

柏木如此提醒堂兄，但他卻不回答。

宛如在深思一樣，只注視著正前方。接著，他突然很著急般開始追趕前方的車子。

收音機的音樂被行駛聲蓋過，只聽到車內響起的警告聲音。

「我覺得有點不對勁。怎麼說呢？因爲我坐在駕駛座的旁邊，從前方擋風玻璃看他一輛輛超過，照理說超過的車子應該都不同，可是看起來卻都是相似的車子。」

不管是大型卡車或是小轎車，看起來都差不多，總之，車尾看上去都是一個樣兒。

近視眼的柏木感到不可思議，取出眼鏡戴上。再仔細一看，一輛輛超過的車子車牌上，似乎都掛著同樣的東西，這就是爲什麼看起來都一樣的原因。

像是一塊什麼東西。

到底是什麼……，再睜大眼睛一看。

「！」

柏木差點叫出聲來。

「是個女孩子。一名少女趴在車尾。姿勢像青蛙般張開雙手、雙腿。」

體型「比普通人小一點」，頭也小，手腳也細，但可清楚看到穿著乳白色襯衣、茶色底白水滴圖案的裙子模樣。

柏木揉揉眼睛再看，還是看得見。不過臉孔看不見，因爲她的姿勢像是從後車窗向車內窺視。

就在注視中，原本看似模糊的少女身影，變得愈來愈清楚。

「……不鎭定不行……」

柏木這麼告訴自己。

……如果我一慌亂，這輛車一定會出事……。

「再開快一點，超過那部車。」

討厭開快車的柏木，卻一反常態的對堂兄如此說。

堂兄一語不發地超過趴著那名少女的小卡車。

可是這次前面車子的車尾，還是看得到同樣的東西。還在、還在。

如同西瓜皮般的髮型，乳白色襯衣、水滴圖案的裙子……。

這次不等柏木開口，堂兄自動超過這輛車。

……可是，前面的車子還是有。

柏木不禁這麼想：

……或許我現在往後看，車尾也趴著那個東西……。

想到這裏的瞬間起，柏木已嚇得全身僵硬，無法動彈，她感到自己的頸子發硬。

……萬一車尾也趴著那個東西，從後車窗外窺視車內，那麼我一回頭不就看到她的「臉」……。

因冒冷汗而全身濕透的柏木，以顫抖的聲音勉強說：

「我們再在路邊的餐廳停一下，休息好嗎？」

這是她以僅剩的一絲理智說出的話。

二人都累了，萬一出事就糟了，這種想法使柏木這麼說。

而且心想也許是自己的錯覺。

「好吧！就休息一下。」

雖然才休息沒多久，但堂兄卻表示同意。

這次是個長髮女人……

雖然已開到路邊的餐廳喝咖啡，但二人連站起來的力氣都沒有。一看堂兄的雙眼充滿血絲。

或許他也看到這種情形。

可是柏木卻不敢開口問。

也不打算告知自己剛才看到的那幕情景。因爲她斷定不論哪個人說出口，必定會完全陷入恐慌。

堂兄可能也有這種想法，所以一直沈默不語，柏木如此肯定。

況且二人對繞道也不太熟悉，加上想到明天的工作，除平安走完中央高速公路回到東京之外，別無他途，如果陷入恐慌，可能會出事，柏木和堂兄疲倦地站起來，回到車上。

柏木打算從現在起，一直看下面。

不再看前方。因爲她怕再看到那一幕，可能會忍不住告訴堂兄。

可是，從坐車的感覺來說，堂兄似乎又開始超車。

車內，告知超速的警告聲又響起來。

柏木仍然一直看著下面，轉收音機的頻道。

她想轉到說笑話的節目，這樣要比古典音樂更能緩和一下緊張的情緒。

低頭看錶，已過十一時。

雖然以一小時的驚人速度開到笹子啞口，但卻是二次開到路邊餐廳休息的結果。算算六點半左右從鹽尻出發開到大月，共花了四個半小時。

明天的工作一早就要辦，想到這裏，柏木真後悔沒搭國鐵回去，那樣應該輕鬆多了。

※　　※

柏木和堂兄所坐的自用車，在深夜的中央高速公路奔跑。車內的超速警告聲依然響著。

「本週第四名的是，夏尼爾的逃跑。」

柏木轉到的頻道廣播ＤＪ，以開朗的音調介紹歌曲，播放夏尼爾的逃跑。

收聽廣播的柏木，雖然仍一直向下看，但心神稍微穩定下來。

「大概幾點能到家？」

「……已經到八王子了，大概十二點左右可以到吧？」

堂兄似乎也漸漸穩定下來，也會回答她的話。

可能還是想太多了。柏木如同從夢中醒來一樣仰起身。

接著抬起頭，忐忑不安地注視前方的車子。

……不在了。

前方車子的車牌並沒有那個少女的身影。

「啊，太好了！」

無意間發出安心的聲音。

「什麼太好了？」

堂兄傻笑地問她。

柏木心想還好沒有告訴堂兄。……也許只是神經有點過敏，如果把這件事告訴堂兄，以後可能會被他當作笑柄作弄。

「沒事兒。」

柏木邊說邊笑。

然而……。

就在離開第二家餐廳，開約二十分鐘時，又發生了。

「那種透不過氣來的感覺又開始了。不論再怎麼深呼吸，空氣似乎都不進入肺一樣。因此我只好再搖下窗子。」

而且，這次的窒息感比之前更嚴重。

「從頸子到背變得僵硬，像被鐵板夾住一樣」，於是她把頭伸出窗外，不停呼吸外面的空氣。

冷冽的夜晚，山上空氣灌進車內。

就如同水缸裏的金魚，浮出水面呼吸的感覺一樣。接著她從車窗外又看到令人無法置信的東西。

這次，是在以一定間隔警告「有彎道」的道路標誌上方，看到好像有什麼東西。

一個標誌過去，下個標誌也有……。如同之前才看到的車尾少女般，與其說是頭……，不如說是「臉」。

「真的是個女人。這次不戴眼鏡也看得一清二楚。這個長髮女人前髮似乎是分開的感覺……連我這個大近視都看得這麼清楚，太不尋常了。」

不過，感覺上和先前趴在車尾的少女不同，也看不清女子的臉孔……。

此時，柏木直覺地認爲，「這樣會出事，一定沒命。」

「我們再開去路邊的餐廳坐坐吧？」

她反射地對堂兄這麼說，可是堂兄卻無奈地回答：

「我也想再休息一下，可是從這裏起暫時沒有交流道可下去。」

堂兄的側臉，看上去像病人般憔悴。

很明顯地，堂兄也看到自己所看到的東西。

由於沒辦法下交流道，二人的坐車即將開進隧道。從拱型的入口可看到隧道內亮著黃色燈光。

之前已經通過好幾條隧道，但此處並不是小佛啞口附近的長隧道。

過了拱門之後，開始響起隧道內特有的汽車引擎聲。柏木雖然仍感到有些呼吸困難，但因爲吵雜和灰塵，不得已只好關上車窗。

「如果在這裏鬆懈下來，絕對沒命。」

柏木雖然這麼想，但也只好聽天由命。

她將收音機的音量開到最大，並跟著歌曲一起唱。

「♪逃跑，真是好……」

……逃跑，堂兄也以發白的臉跟著唱。

從擴音器清晰聽到的話

隨著帶有緊張的歌聲，車子進入隧道，一、二分鐘過後，收音機的音樂突然消失，繼而出現令人不快的雜音。

雖然在隧道內收不到無線電的電波，但聽得到隧道內播放塞車的資訊。嘶嘶、吵吵，從最大音量的收音機出現刺耳的聲音，可能是收到長途卡車上的無線電，偶爾會聽到講公事的人聲。

「太吵了，我把它關掉。」

當柏木關掉收音機時，從收音機聽到似乎是年輕女性的聲音。

「嗚、嗚、嗚……」

「咦？沒關掉嗎……？」

她想可能是碰巧收到廣播劇的頻道。既然收得到，那就繼續聽下去好了。

「……嗚、嗚、嗚，嗯、嗯、嗯。」

但廣播劇似乎在播放悲劇，傳來女性的嗚咽聲。

「趕快關掉！好像在演很悽慘的悲劇。」

聽到堂兄這麼說，柏木的腦中浮現出一個想法，但這個想法太可怕，而想打消。

……萬一這個聲音不是廣播劇……。

一想到這裏，碰到開關的指尖不由發抖起來。

而且就在指尖快碰到開關時，車內響起一種很大音量的聲音。

「鳴、鳴、鳴……，早知道就不搭這輛車了。」

堂兄馬上改踩煞車，發出緊急煞車的尖銳聲，把車停靠在隧道內的路肩。

二人均一語不發。只是以蒼白的臉急促呼吸。

停車後，收音機的這種聲音便停止。

「……交流道還沒到嗎？」

「走完這條隧道五分鐘左右大概就有。」

從此刻起，他們是如何開到下一個交流道，柏木已經記不大清楚。

回到車上，堂兄的面頰看起來好蒼老，就像老了十歲。

「我也快完全崩潰，因此臉色一定也很糟。本來預定在吉祥寺附近下車，但臨時決定在八王子匝道附近就下車，因此覺得有點對堂兄過意不去。」

二人在抵達柏木決定下車的八王子匝道前，再次開到路邊的餐廳休息。

算算柏木和堂兄總共四次開到餐廳休息。而她從堂兄的車子下來，在八王子叫到計程車時，已經是凌晨二點多。

通常如果塞車，三小時左右就能到達的路程，那天卻花了將近八小時，而且交通還很順暢。

「開出最後那條隧道後，似乎就不再有開快車的感覺。不能說是怕鬼，但人在碰到生死交關時，很自然就會拚命想保護自己。如果我們的車內真有鬼，鬼也會被我們的氣魄所震攝而離開。因此，我想勤快地多次上下交流道是對的。」

※　　※

「怎麼了?怎麼這種表情!?」

看到深夜到家的柏木，起床開門的丈夫吃驚地這麼問。

「其實……」

柏木告知傍晚開車所發生的事。

「是不是就是××附近的那條隧道？」

丈夫正確說出那隧道的地點及名稱，讓柏木感到很意外。

「妳真笨，那個地方很出名。我那些喜歡開車兜風的朋友都這麼說，前往信州時都不願經過那條隧道，如果要從笹子到小佛啞口，就刻意避開中央高速公路改走老路。」

「那你為什麼不早告訴我？」

「我以為像妳堂兄那樣常走這條路的人，早該知道這件事。」

原來，小佛隧道附近是全日本都知道的可怕幽靈區。

為小心起見，柏木向房東借來般若心經來唸，之後就未再發生任何事。

不過，這件事並未就此結束。

「那個東西又來了……」

發生問題的堂兄方面。

「妳還好吧？」

二天後，住在八王子公司宿舍的堂兄，打電話給柏木。

「我已經唸過經，沒問題了。」

「可是那個東西卻來到我這裏……。」

當晚回到宿舍的堂兄——宿舍是二個人一個房間——剛上床在打盹時，感覺似乎有什麼東西趴在他的被子上，被壓得透不過氣來。

「搞什麼啊，那個傢伙又想找我商量如何對付課長？」

同間寢室的同事凡事喜歡操心，常在半夜搖醒他，商量有關公司的人際關係，一定要吐露出自己的煩惱才肯安心入睡，真讓人煩不勝煩。所以這天堂兄也以爲一定又是同事等到他回來，把他叫醒。

「真沒辦法。你儘管說，我什麼都聽。反正今晚也睡不著。」

堂兄無可奈何的起身。

雖然身體已累垮了，但精神卻異常亢奮，難以入睡，好不容易快要睡著時，又被叫醒。因此他打算好好數落同事一番。

可是起身一看，同事動也不動地睡在旁邊床上，睡得正香，還打呼。

「正感到奇怪。」

就在此時，微暗房間的門旁似乎有人坐在那裏。

仔細一看，在還來不及確認形態前，那東西就像霧一樣融化，不久消失。

「可能是今天碰到的怪東西跟我回家了。」

他想到明天的工作，重新試著再睡下去。

正想伸手去拉被子時，剛才那個東西竟跪坐在自己床尾。

是一位留西瓜皮頭的少女。怎麼看身材都是十來歲，但是，卻只有洋娃娃般大小。這個少女以跪坐的姿勢慢慢靠近他的眼前。

「我的媽啊！」

連向來膽大的堂兄是，也不由發出悽慘的叫聲。

「我反射地用雙手想推開她。自己也不知道怎麼會做出這種動作。與其說自己想逃，不如說用手將她推開。就在此時，她突然消失無蹤。我想難道她跑去找妳……。」

柏木提心吊膽地問：

「那個女孩子是什麼模樣？」

她突然間很想確定二人所看到的並非因疲勞引起的幻覺。

「好像穿著白色的夏天襯衣……。」

「又像是水滴……？」

「對、對、對，是水滴圖案的裙子。」

※　※

以下是自此十年後，最近發生的事。

柏木差不多已忘掉那一夜發生的恐怖遭遇，但有次卻機緣巧合的在電視上看到一個叫做「揭開幽靈秘密」的科學報導節目。

這個節目的宗旨是，是想以科學研究、從科學的角度，來解明傳聞中幽靈出沒的場所。

節目中陸續揭開所看到的怪東西，其實是汽車前方大燈照在霧上形成的，而那處啞口是，則是常有從精神醫院逃跑病人的場所等幽靈的現象，可是節目最後一件所提到的地方，連科學也無法解釋。

那正是她和堂兄行經的那條小佛隧道。節目中報導不少人親眼目擊，是有名的交通事故頻發地帶。而且之後，另一家電視台爲了製作怪異奇譚的專輯，深入調查當時的事件後，才揭開以下事實。

就在柏木和堂兄，看到少女幽靈的同一時期，距離小佛隧道不遠的另一條道路，一名從東京來到親戚家玩的少女，在坐車返家途中發生事故而喪命。

而且當時她所穿的服裝，酷似柏木和堂兄所看到的。

那天雖然太陽已下山，但少女想早點回到東京，因而數度懇求祖父，祖父只好在傍晚後出發，但著急開快車的結果，車子偏向護欄而撞車。

祖父僥倖逃過一劫，但少女卻一命嗚呼。

採訪人員表示，也許是少女一心想回東京，而搭上柏木和堂兄的車子。

愛哭的幽靈 （日本）

無人送終而孤獨死去的酒女

往昔在沖繩縣那霸市，有一處叫做辻的酒家街。那裏，好比現在所說的泰國浴街。

如今雖已變成酒吧與小吃店林立的尋歡街，但改建以往酒家的料亭還在。從小酒吧的二樓或昏暗的巷道內側，令人想起妓女戶繁華一時，被喻爲「尾巴」的酒女生活。

※　※

然而，沖繩的街上或郊外各處，散在被稱爲「烏達基」的具有特別磁場的空間。「烏達塞」是被稱爲優達的如同日本東北地區伊達哥的巫女，和神或諸靈溝通的場所，可謂神或靈降臨的聖域。

和過去一樣，這種聖域現今仍在相同場所，如果有人未獲神的赦免就進入，將會遭到報應而倒霉。

靈力強的「烏達基」等，據說除了特別的優達以外的人，拒絕任何人。

在所謂辻的街上也有「烏達基」，旁邊有個大酒家。

這家酒家特別大，許多窮人家少女從本島的其他地區或周圍的離島被賣到這裏工作。

在這些少女中，有一位叫做慕美的美麗酒女。

從小被賣來到那年，已長到十七、八歲。雖然生得標緻、皮膚細白，但卻不懂得講好話討好客人，因此生意並不好。

當酒女的條件，容貌雖然重要，但更重要的是閨房技術和談吐，此外身體健康也是重要條件。

因爲如果身體差，一生病就無法接客，結果就得罪客人。

慕美的身體也不好，經常因病休息，所以恩客中沒有有錢大爺，如果再因病不做生意，根本沒辦法打點行頭，以致在數十名酒女中，她幾乎是最差的。

原本就不懂討好客人，加上成績又差，以致慕美天天悶悶不樂，而這種態度也讓酒客敬而遠之。

如此惡性循環的結果，使她變得神經衰弱。

其他姊妹或店家雖也很照顧她，但某日因感冒而倒下，又加上神經衰弱，終於一病不起。

「慕美啊，客人送我一條很好吃的魚，我們一起吃吧?!」

大姊級的酒女不放心的來她房間探望，但她反倒覺得內疚，也因自己無法接客而自責，這樣下去病當然好不起來。

而且又常聽到生意興隆、個性大而化之的姊妹們，沒有惡意的在隔壁房間得意洋洋地高聲炫耀今天來了幾位客人，買漂亮的衣服送她。

慕美的心情更加低落，導致病情惡化，終於在某個下大雨天，不喊痛、不喊苦、無人守在身旁，就一人孤零零的去了。

接到噩耗趕來的雙親與兄弟，圍著遺體痛哭失聲。由於這是酒家常有的事，因此店家態度冷淡，而其他姊妹一想到下一個可能就輪到自己，也只是害怕地遠遠旁觀。

死去的酒女房間隨即被清掃乾淨，以供他人使用。在簡單的祭弔之後，依照沖繩的慣例，將遺體和身邊物品一同被草率裝進轎子，送出店搬到墓地。

就在抬轎的人準備出發時，一名酒女跑得氣喘噓噓的趕來。

「稍微等等，等一下。」

「這個東西掉在房間，請一起放進去。」

這名酒女就是在慕美隔壁房間，得意洋洋地高聲炫耀自己生意有多好的那個傻大姊。

她將拿來的一隻髮簪，隨意丟進轎內。

「真可憐，連頭髮都沒梳成髮髻。」

「頭髮那麼茂密，人又漂亮。」

前來送行的其他酒女，對如此簡陋的送葬無不感到悲哀，回想起梳上髮髻、插上剛丟進轎那隻髮簪時的慕美風姿，大家不禁抱頭痛哭。

拖著衣襬的腳步聲慢慢接近……

喪事辦完後，像什麼事都沒發生過一樣，店又恢復先前的熱鬧。

慕美睡的房間也全部改裝過，給新來的酒女使用。

新來的這位酒女雖稱不上特別美，但個性開朗活潑，經常能從這個房間聽到她和客人的嬉鬧聲，她很快就成爲店裏的紅牌。

某個下雨的夜晚。

「唉哦，一個接一個來，真讓人吃不消。讓我休息一下。」

雖然還是新人，但如果是店裏的紅牌，就算態度有點傲慢，也會被寬容。

她看到客人喝醉了，就跑到樓下的廚房偷懶。

「給我吃點東西吧！」

「好啊，吃這個好。」

正當廚房的歐巴桑抓起菜時，傳來驚恐的叫聲。

「唉啊！我的媽啊！」

在樓上房間一人獨飲的客人，半裸地連滾帶爬的跌下樓。

「什麼事？」

「發生什麼事？」

各房間的酒女與客人紛紛跑出來問：

「……我、我、我看到……。」

這位男客全身發抖，在眾人面前蹲下身來。

※　※

告知「我馬上回來」的酒女，去了好久也沒回房。

這位男客只好一人喝著酒，無神地望著窗外。

或許是外面下著毛毛雨，很少客人上門，除了從對面酒家傳出的三線琴音之外，幾乎聽不到喧嘩聲，可說是寂靜的一夜。

「……怎麼這麼慢。」

男客久等不來，又有點醉，因而開始打瞌睡。不久，在半睡半醒中，聽到房門口有微小的聲音。

咚、咻、咚、咻……。

這是常客非常熟悉的酒女腳步聲。

咚、咻、咯、咻……。

這種拖著衣襬的酒女，在走廊慢慢走路的特別腳步聲逐漸接近，來到房門前停下來。

……終於回來了……。

「我等了好久，快等不及了。」

男客想迎接酒女，正準備起身時，門突然無聲無息的打開來。

「唉啊！」

這位酒醉的男客，一下子嚇得清醒過來。

有個女人站在門口。

一頭蓬鬆的亂髮，瘦骨如柴，臉色蒼白的陌生女子。她瞪大眼睛環視房間的每一個角落很長一段時間，男客想跑，但全身像被綁住一樣無法動彈。

男客不知看著那女人多久，接著……那女人就伸長脖子緊盯著男客的臉。

靠近一看，不像是普通女人的臉，而且有隻髮簪插在鼻子上。

因爲髮簪直角貫穿鼻骨，所以，傷口與鼻孔流著血。

那女人似乎要求幫她拔掉髮簪一樣，把臉更靠近男客。

「唉啊！我的媽啊！」

從自己悽慘叫聲回神過來的男客，跌跌撞撞的衝出房間。

※　※

「那、那、那個地方……」

指著二樓語無倫次的男客，儘管店家不停安慰，仍一直抖個不停，可能是驚嚇過度，這位客人日後病倒。

任何人一問起怎麼回事，他只是一再反覆地說，那個髮簪刺入鼻子的女人來了，好可怕、好可怕。

總之，的確出現某種不乾淨的東西，於是，店家在第二天請來法力高強的優達。

可是……。

在房間裏面集中精神唸佛的優達，被靈附身時，那個降下來的靈只是一直在哭，讓人不得要領。

在這種情形下，降下來的靈通常會說出自己想說的話。大多數會淘淘不絕地訴說自己心中的怨恨，可是這個靈卻什麼都不說，只是不停哭泣……。

「一定是慕美。」

「對了，是慕美沒錯。」

店裏面的人，均如此推測。

因爲那個房間原本是慕美的房間，她可能想說什麼，但只是哭個不停，就像她生前一樣。可能是草草下葬，也未梳髮髻，心中感到委曲而化成鬼，而隨手丟進轎內的髮簪，一定刺穿遺體的鼻子……。

於是店家把慕美的家人找來，在其墓前供奉新的髮簪，並集合全部酒女再一次鄭重祭拜慕美。

或許是慕美的靈感到滿意與感謝，據說日後便未再出現，而該店的生意也一直很興隆。

④馬來西亞、泰國篇

拖著內臟的梟首（馬來西亞）

在天空飛翔的亞洲吸血鬼

異界確實住有人。儘管真的存在，但如何命名、如何解釋，就是人的工作，其中受到宗教或風土等環境所左右。

這就是爲什麼同樣在亞洲，卻出現各種不同的靈或鬼。

不過，地處婆羅州和馬來半島的馬來西亞，其「異界」不僅複雜，而且模稜兩可。

據說，這是因馬來西亞成立數百年來，和印尼一樣是個多民族國家所致。

馬來西亞主要住有華人、馬來人、印度人等，這些民族土著的信仰、諸神、傳說等，逐漸在馬來西亞這個國家融和。

由此，有不少日本人聽起來與其說是怪談，不如說是科幻小說更爲貼切的怪力亂神故事，其想像力之豐富令人驚歎。

河川多的地方，通常聚集許多風水中所謂的「龍穴」，但是，這種豐富的想像力，或許是源自於馬來西亞眾多的河川、潮濕叢林的地理吧！

日本的靈能者也說，這種場所磁場的力量極爲特別。

如今馬來西亞表面上雖是回教國家，但其實除了回教信奉的神之外，還有各民族在歷史上繼承的土著之神或精靈、惡靈。

其中最令人歎爲觀止的當屬幾百年前來此的華裔移民所傳下來的黑魔術「馬歐薩」。馬歐薩是令馬來人、印度人不寒而慄的馬來西亞獨特的黑魔術，迄今仍脈脈相傳，在日常生活中扮演重要功能。

舉例來說，在現代化辦公大樓林立的吉隆坡工作的上班族，有人一脫下西裝，儼然就變成馬歐薩的高手。

其力量非常強大，即使在二十一世紀文明的現今，仍有不少人被馬歐薩詛咒而死。

人們在談到某人因癌或交通事故死亡的話題時，會極其自然地說「啊，那個男人是被馬歐薩幹掉的」。

儘管如此，馬歐薩並非僅用在殺人或傷人等惡行方面，也用來驅逐惡靈、治怪病等方面，有時甚至具有讓自己看上的對象愛上自己、使戀情成功等效力。

依其使用方法，馬歐薩的高手可稱爲神，也可稱爲惡魔（不過有關在戀愛方面所施的法術，似乎已遭到濫用，就如同有些國家的壞人，把興奮劑混入酒中讓對方喝下，然後做不道德的事）。

但無論如何，馬歐薩能隨心所欲使用眼睛看不到的異界力量來施法術。

因此，依使用馬歐薩的人的人格，馬歐薩被使用的結果也有很大出入。

尤其是人格低下卻具有靈能力的人，一旦胡亂使用馬歐薩，將造成可怕的後果。因爲如果弄錯法術，此人本身會變身成爲所謂「波迪亞納」的吸血鬼。

波迪亞納在馬來西亞很出名，但其似乎是源自於婆羅州島・印尼的波迪亞納這個地名。

所謂波迪亞納的地區，是一處住有懂得使用馬歐薩的人的華僑街。也就是說，波迪亞納不分國境，在婆羅州島全區出沒，因此令人聞之喪膽。

以下，可能是其由來。

某高手爲達某種目的在進行馬歐薩時，偶然間變身成爲波迪亞納。因爲變身後做事很方便，所以日後常有人如法炮製。

這樣一來，當然有人使用馬歐薩純粹只爲了變成波迪亞納。

變成波迪亞納爲什麼方便呢？

首先，能夠吸對手的血，使其耗弱。

而且能夠在半夜自由自在翱翔天空。

由此偵察敵人，以便伺機殺害。

變身成爲波迪亞納的人，在施法術時，效果也會倍增。

波迪亞納的模樣非常嚇人。

在日本與中國有一種叫做「轆轤首」的知名鬼怪。這種妖怪在夜晚人們睡著時，就將頸子伸出，只有一個頭飛到想去的地方或想見的人。

「轆轤首」本身有的知道，有的不知道，也有別人告知，才知道自己變成這樣。就宛如源氏物語中的六條御息所一樣，因朝思暮想，而在無意識中變身成爲妖怪的模式。

馬來西亞的波迪亞納雖是妖怪，但本來也是普通人。有別於日本的是，本人想變才會變成這樣。和（無意變成這樣的）六條御息所這種活靈的想法不同。

也因此攻擊性、邪惡度均高，非常棘手。

頸子突然伸長，就已令人背脊發涼，但波迪亞納要比這個更恐怖數倍。因爲它不像轆轤首一樣伸長頸子，只有頭離開身體，在天空飛翔。這個頭還拖著理應在身體內的心臟或肝、腸等內臟。

也就是連帶內臟的一顆頭，離開身體，飛來飛去，只剩下空殼子的胴體與四肢。

據說在半夜拖著內臟的這種頭，冒著熱氣把骯髒的體液灑得到處都是，自由自在在空中飛來飛去，飛到詛咒對象的家周圍繞來繞去。

而且，這種吸血鬼有時不只針對詛咒的對象，有時也會危害毫無關係的人或家畜。

處女尤其容易成爲其下手目標。從高架式的房屋窗戶飛進來，趴在睡著著處女的內股猛吸血。

導遊達拉先生告訴我：

「原以爲是被蟲咬，但有時傷口會在不知不覺中化膿，如果置之不理，身體狀況就會愈變愈差。這種情形大概就是波迪亞納幹的好事，趁人睡著時吸血。由於傷口就像被蟲咬一樣小，所以一開始根本搞不清楚怎麼回事。」

但是，只要仔細一看，就立即了解是波迪亞納的手法。因爲傷痕必定像牙齒痕跡一樣二個對稱，而內部就像蟻巢般複雜，被挖得很深，據說疼痛也如同從內部發出來的感覺。

我問萬一發生這種事該怎麼辦，達拉先生就理所當然的回答：

「如果知道附近有波迪亞納出沒，就只有請其他的馬歐薩高手製作抵擋波迪亞納的符咒，把這種符咒貼在家裏的牆上或窗上，使其無法靠近。但在此之前，首先，要弄清楚自己是否得罪過什麼人，男人只要捫心自問，多少可想得到在生意上或女人方面曾和人有過節，如此，大概就能判斷是什麼人找來波迪亞納來作怪。」

在馬來西亞，一旦得知波迪亞納的雇主是誰，就一定會採取報復行動。他們會請來其他馬歐薩高手，同樣派出波迪亞納來反擊，如果被波迪亞納攻擊的本人就是馬歐薩高手，那他自己就會變身來進行報復。

達拉先生說：

「我雖然沒親眼見過，但過去聽過曾有波迪亞納之間鬥得你死我活的事。」

日本的活靈或惡靈會對懷恨的對象採取何種報復手段呢？通常是使對象周圍發生某件凶事，或在其本人之外，讓其親族代代陷入不幸，可說是較為緩衝一段時間，假裝弄成是碰巧發生災禍。

然而，馬來西亞的情形更為直接，立即變身成為波迪亞納，飛去找懷恨的對象，然後吸血使其失血而死。

那麼，該如何對付波迪亞納呢？達拉先生告訴我二種方法。

「第一種是趁波迪亞納的高手化身的頭飛走之後，找到他的身體加以焚燒。不過這種方法幾乎辦不到，因為一般來說，其弟子或妻子會代為藏匿其身體，所以大多找不到。第二種是想辦法讓飛翔的頭照射到太陽光。因爲只有在夜晚才能變成波迪亞納的模樣，所以他受不了太陽光線的照射。只要稍微照射到太陽，波迪亞納就會溶化變成一灘髒臭的液體。」

吸血鬼的弱點似乎各國都一樣。一照到太陽就會溶化的，還有羅馬尼亞的吸血鬼德古拉。

當我表示：

「日本沒有吸血鬼，因此，聽起來好像在看電影。」

達拉先生就正經的回答：

「不要開玩笑。波迪亞納真的存在，也發生過真的事件。」

接著，他說出在八十年前發生的一起真實事件。

這件事在馬來西亞，尤其婆羅州島非常有名。

報仇不成反被殺的波迪亞納

在某深山部落住有一位中年手藝師傅和妻子。

這位手藝師傅也是馬歐薩的高手。他做的家具和工具美觀又耐用，十分受歡迎，但這對夫妻卻淡泊名利，對賺錢沒有興趣。

由於所做的家具品質好又便宜，因此非常忙碌，不過兩人的生活並不寬裕。

某日，這位手藝師傅受託幫住在同一部落的某家主人做衣櫃，忙了數天費心做好，送去對方的家。

「啊，這只衣櫃做得真好，我會好好珍惜使用。」

這家主人笑容滿面的感謝手藝師傅，並說好：

「我再派人付錢給你。」

可是之後等了又等，也沒人來付款。對這位手藝師傅來說，製作衣櫃是件很費事的工作，在此期間必須把其他工作擱在一邊，而且衣櫃的貨款是他一家數個月的生活費，非常需要。

雖然這位師傅又急著進行下一個工作，但完成交貨以後才有收入。

就在等待衣櫃的貨款期間，家計開始陷入拮据。

當時，還是沒有電話等通信設備的時代，又是鄰居，不好意思去催。儘管如此，最後還是忍不住。

於是師傅便對妻子說：

「我因有工作在身，不能去，妳代我去那家收錢。」

翌日，受丈夫之託的妻子就前往收錢。

可是……。這家的主人竟然想賴帳地說：

「妳來做什麼？錢已經付了。」

「我們沒收到錢啊！」

「妳囉嗦什麼，我不是說早已付過了嗎！」

「原來你一開始就想賴帳。」

當這位太太如此質問時，這家主人立即翻臉大罵：

「少囉嗦，我們沒錢付！」

然後突然拿起身旁的大碗丟向那位太太。

「唉啊！」

臉部遭到重擊的這位太太差點昏倒，忍著回到家。

但因爲傷勢嚴重，導致失明。氣急敗壞的師傅，當天晚上就製作擅長的馬歐薩符咒，翌日隻身前往那家，想爲失去一隻眼的妻子報仇。

「出來！」

聽到師傅在自家門前大叫的那家主人，手持柴刀走出來。

「你把我太太傷得很重，知道嗎？」

「你說什麼？我不知道。回去、回去，不回去我就砍你！」

「你給我閉嘴！」

師傅大叫一聲，一運氣就將馬歐薩的符咒丟向那位主人。

「唉啊！」

就在符咒快要碰到而還未碰到時，站著的那位主人的右眼珠立即飛出來。

因連接眼與腦的肌肉和血管都未切斷，而像繩子般垂下來，只見眼球掛在上面晃。也許是馬歐薩的法術生效，未流一滴血。

那位主人沒發出聲音，只用手接住自己的眼球。

師傅大聲警告蹲下來的那位主人：

「你如果再傷害我的妻子，我一定不饒你，你給我牢牢記住。」

然後就回去了。

在返家途中，師傅心中還有些忐忑不安。

「那個傢伙不會這麼輕易就善罷干休。如果找波迪亞納來對付我，那就麻煩了。……，還是小心爲上。」

師傅在回程中入山，砍了一些可擊退波迪亞納用的竹子。

回到家後，師傅趕緊用柴刀和小刀把長竹子削尖。然後，把馬歐薩的強大符咒纏繞貼在削尖的四根竹子上，豎立在屋外四個角落。

也就是圍起馬歐薩的勢力範圍。

不久太陽下山，夜晚來臨。屋外傳來混合壁虎或野猴叫聲，不知從何處來的吱、吱、吱怪叫聲逐漸接近。

「……啊，果然來了……」

師傅立即堵住家中的出口，並貼在數張符咒，抱著妻子開始唸咒。

「吱吱吱……吱吱吱……呀！」

那家主人用馬歐薩的咒力，把自己變成波迪亞納飛來報仇了。

這位師傅不停唸咒。

在昏暗中，那家主人變成的波迪亞納，一直在屋外四周繞著飛，一碰到牆壁或窗，就被彈回法。因爲貼有符咒，無法破窗而入。

「哇、嘎！轟！」

著急的波迪亞納的叫聲，慢慢變成猛獸吼聲。

看來每次一碰到，體液就四濺，屋內飄進陣陣腥臭的惡臭味。

……不知道經過多久，附近突然變得一片寂靜。

「行了！」

師傅邊說邊停止唸咒，慢慢起身走出屋外。

眼前變成波迪亞納的那人，已被削尖的竹矛刺穿，但他仍然企圖用盡全身力量來掙脫，直到認爲做不到時，就回到那位主人的口吻，開始求饒：

「求求你救救我！我會付衣櫃的錢！」

可是師傅不相信，認爲他活著回去一定會再來報復，於是決定任由他刺在竹矛上，自己回到屋內。

翌晨，一晒到太陽的波迪亞納，立即像蠟燭般溶化消失，只留下一灘腐臭的水。

達拉先生一本正經地說：

「類似事情迄今仍在發生。如果看到貼上符咒的屋子旁邊有一大灘水，大概就是波迪亞納的殘骸。」

精靈的憤怒（馬來西亞）

相繼錯亂的女孩

「所謂科學的西洋醫學無法解釋的事真的存在。老實說，我來到這裏之後，世界觀都改變了。」

椎名先生坐在冷氣的舒適接待室，笑著如此表示。

他是日本某大汽車公司的員工，七年前公司爲節省人事費，派他去吉隆坡郊外的公司興建的零件工廠擔任廠長。

經過七年的今天，他終於熟悉馬來西亞的習慣與人們的性情。

出工廠三十分鐘的車程，就是摩天大樓林立、穿著摩登時裝的白領階級來來往往的現代化辦公大樓地段，可是往反方向走去，卻是高架式房舍零星分佈、濕氣很重的熱帶叢林。

此處河川蜿蜒，一入夜就響起野猴或壁虎的叫聲。椎名先生的工廠可說位於現代與原始的夾縫中。

「工廠作業員都是在村落或都市地區公開應徵、面談、測驗過，才錄用的。由於宿舍完備，全體員工都住在此地。求才是以工人爲主，年輕女性特別多，因爲是單純作業，女性的人事費比較便宜。這些人都受過教育，基本上我認爲當地人很勤勉，工作認真。雖然手腳慢，但很遵守時間，也願意學習新的技術……。只不過，畢竟和日本人的思考模式不同。我就曾碰過很嚴重的事，差點連飯碗都丟了。」

遭遇這次危機是椎名先生赴任不到半年，工廠才剛開工的時期。

「廠長，不好了，請趕快來！」

某日，擔任主管的日本員工急忙跑到椎名先生的辦公室。

因爲才開工不久，經常發生機器不運轉或停電等瑣雜問題。

但每次略微調整之後，就又能開始運轉。

「這次又怎麼了？」

「唉啊，是作業員昏倒、口吐白沫。」

不知是否不適應環境，前一天才有一名女工因不適而早退。

「怎麼，怎麼又這樣，有沒有送去醫務室？我馬上去。什麼？那是什麼聲音……。」

這位主管嘴裏嘀咕著，跟在快步走的椎名先生後面。

「有，已經送去了，但是……。」

在走廊上快到醫務室時，傳來悽慘的叫聲。當提心吊膽的醫務室的門，出現一幕令人無法置信的光景。

「※×◎○！唉啊！」

口中說著沒人聽得懂的語言，四肢被綁在床上的女工正在哭喊掙扎著。她的頭髮豎立，眼睛發紅，身上的作業服凌亂地掀開，露出胸部。表示在和醫師拉扯後才終於被制伏住。

就像野獸一樣，雖然雙手雙腳都被綁住，不能自由活動，但陷入非常嚴重的錯亂狀態。

「怎麼樣?要不要通知家人?」

對這種嚴重狀況感到不安的椎名先生，問一旁守侯的日本醫師。

「不用了，剛才已打過鎭靜劑，應該沒事了。這是一種歇斯底里，休息一會兒就會安靜下來。我想可能是她們首次接觸到這種精密作業與緊張生活，因此陷入暫時性的恐慌，大概身心俱疲吧!……。一旦習慣之後，相信不會再發生這種情形。」

「如果是這樣就好了……請多費心了。」

在提供宿舍的日本企業工作，對那些純樸的當地女孩子來說，等於是突然被放在一個完全不同文化的環境一樣。

員工的健康管理主要是心理諮詢，這是在椎名先生離開日本時就被告知的公司方針。因此，除了內科、外科之外，椎名先生也常請精神科醫師在工廠醫務室待機。

……既然精神科醫生這麼說，應該可以放心。因爲如果連廠長本身也不安，勢必會影響到整個工廠的士氣，這麼一來就一定會有人發生意外……。

這天，椎名先生如此提醒自己。

「可是第二天又有六人、第三天又有十人、十一人……。」

同樣，是在作業中突然精神錯亂昏倒的女工。

有人口吐白沫，像死屍一樣僵硬，有人抓胸口罵髒話，有人像蛇一樣在地上滾來滾去。

就像懸疑電影的場景一樣，令人作嘔。

這些女工在分別接受鎮靜劑或營養劑的注射之後，就回到個人房間休息。

由於這種情況頻頻發生，因此，椎名先生不禁懷疑是否工廠的就業條件太過苛刻，而開始打聽當地其他企業的雇用狀況。但，結果並不只是他們工廠訂的雇用條件特別嚴格。

「真怪了，真怪了……我們也有雇用當地出身的心理醫師，到底是哪裏不對勁?……。」

椎名先生如此和當地雇用的幹部商量。

「看來只好請波摩來才行。我們這裏一碰到這種事，都會拜託波摩幫忙，只要問波摩就會知道到底是什麼東西在作怪。」

椎名先生也聽說過有關波摩的話題。

就是相當於日本東北地方的伊達哥、沖繩的優達，可謂馬來裔的夏曼，如同美國印地安人的巫師，具有醫治被詛咒者的能力。

「精靈非常生氣」

……波摩？什麼玩意兒，豈有此理……。

椎名先生一瞬間這麼想，公司在福利方面已經盡了力，不過還是說：

「好吧！如果這樣能讓大家安心點，就算稍微迷信一下也沒關係，那就找來吧！……」

翌日，立即請當地一位有名的男性波摩來到工廠。

當波摩在那些發作的女工面前，使用樹葉或裝液體的器皿，及其他各式施法術的小道具，口中唸唸有詞地和眼睛看不到的東西交談之後，把椎名先生一人叫去另一個房間，告知：

「你們未經支配這塊土地的精靈的許可興建工廠，讓它很生氣，因此附在這些女孩子身上。這樣還算好，但如果支配守護這塊土地的精靈生氣，而不再守護，那麼依布利斯（相當於西洋惡魔的惡靈）就會大肆橫行，爲所欲爲。我已暫時先壓制住，但如果再這樣下去，還是會繼續發生同樣的事，到時恐怕連工廠也做不下去了。因此，最好從根本壓制住精靈的憤怒，才能趕走依布利斯。你可以把現在正在興建大型馬達的場所空下來，在此建一座小廟，每天祭拜此地的精靈。那處有馬達的地方，就是精靈經常待的地方。」

「……我明白了，我會檢討看看。」

椎名先生雖然如此回答，但其實在聽波摩說話時，心裏就已經火冒三丈。因爲如果要遷移主力馬達的場所，就得把已固定的混凝土挖開，這等於是重建工廠三分之一的工程，想到經費就根本不可能。

……真是開玩笑，這種話也說得出口，什麼波摩，簡直是胡言亂語，惡魔怎麼可能存在……。

椎名先生嗤之以鼻，不予理會。

反正已經拜託波摩作法，這樣，應該能使那些女工莫名其妙集體的歇斯底里痊癒吧！……。

「誰知我想得太天真，真是怎麼也想不到那麼不可思議，但事實擺在眼前，沒辦法。之後，情形愈來愈嚴重。身為企業人的我，礙於公司政策與個人面子，怎麼能如此迷信呢！」

椎名先生如今已能輕鬆地聊到這件事，他繼續說下去。

未接受波摩忠告的結果，第二天雖然女士們一天都未發作，但從第三天起，又陸續開始有人錯亂或昏倒。

「你看吧！叫那些波摩來也沒有用。不考慮更基本的勞動條件，還是解決不了問題。」

椎名先生又和日本人幹部、馬來西亞人幹部開會商討因應對策。可是期間近四十名女工全體都發作，工廠也被迫停工。

醫師也盡力檢查，但沒有任何人有身體異常。

如果那些女工留在宿舍休息還算好，但有一半以上辭職返回家鄉。

這種狀況持續將近一個月。

「不久，總公司也開始要求賠償損失……。這是理所當然，因爲根本沒辦法交貨。我真的是氣急敗壞……。如果在這種情形下被召回日本，一定保不住飯碗，既然攸關生死，只好求助神佛。」

……啊，不是開玩笑，請求老天保佑啊！阿彌陀佛……。

椎名先生以自嘲地口吻開始故國日本的唸佛。

「那時是自然而然脫口而出。」

就在那時，看到辦公桌前的大窗外，站著一位陌生的馬來西亞人。

椎名先生已記不得那位老人穿什麼衣服、什麼表情。總之是一位感覺很溫和慈祥、瘦高的老人。

當和一心一意唸佛的椎名先生四目交會時，老人便指著自己的腳邊，好像是說：

「這裏、這裏……。」

老人盯著椎名先生，執拗地指著快看這裏、快看這裏。

「……你說什麼？」

椎名先生做出我馬上出去、請等等的手勢，快步走出房間，從緊急出口走到中庭。

「咦？」

※　　※

老人未等椎名先生來到，就已先行離去。

不過老人站立所指的附近，有堆成像一座小山的建設工程使用的鐵材與零件等，未加以處理。

……啊，這些東西不早點處理不行，因廠長室也兼接待室，有礙觀瞻……

椎名先生是個勤快的人，一些瑣碎小事親自動手，不會凡事交待部屬。

於是他蹲下身抱起幾片鐵材，想搬到廢料堆積場，就在起身時，才感到一陣愕然。

……這個中庭沒有對外的出口。

因爲是面向兼來賓室房間的中庭，庭院的植物對面被高牆圍住，人無法從外面進來。

也就是必須使用緊急出口，先進入建物中，再走到玄關，才能從中庭走到外面，而且緊急出口是自動鎖，從外面不能開。

那位老人如果是這麼出去，爲何沒有和自己擦身而過？

……椎名先生想著想著，不禁感到毛骨悚然。

儘管感到有些毛毛的，可是，不正因如此才想到非處理老人所指的「垃圾」嗎？於是他將這些材料搬到廢料堆積場。

翌日竟發生不可思議的事。數名在作業中錯亂、施打鎮靜劑後在宿舍休息的女工們，穿上作業服來到工廠。

「!?……咦，可能就是……。」

從日本人部屬聽到這個好消息的椎名先生，如同接獲上天的啓示般，下定一大決心。

……反正大不了被革職，乾脆就照那位波摩所說遷移馬達，建一座小廟……。

「想到當時那位憑空消失的老人，似乎就是波摩所說的精靈的化身。雖然要花一大筆錢，但總比關廠、走人要划算。結果就在照波摩所說建好小廟並祭拜之後，女工們的發作就像退潮一樣不再發生。自此以後，又從各地方雇用許多新女工，但再也沒人發生歇斯底里的情況，以前那種不可解的現象完全消失了。」

※　　※

經過六年多的現在，椎名先生已正式雇用波摩爲員工，負責照顧作業員，建立隨時能和作業員進行個人心理諮詢的體制。

在馬來西亞，除有華裔男性使用咒術的馬歐薩之外，還有能和空氣或水、土地的精靈等八百萬種神、惡靈作布利斯溝通的馬來裔夏曼、波摩。

雖然施法術的方法，所對峙的神祇稱法各不相同，但他們的對象都是具有超越人類智慧神秘法力的「某種東西」。

因陷入困境而在無意中唸佛的椎名先生，或許正巧和他們對上頻道了吧！

儘管如此，那位憑空消失的老人，究竟是哪一種「精靈」呢？是惡靈依布利斯？還是土地之神精靈？難道是波摩本人施法術而成的波摩化身？椎名先生說迄今仍不了解真相。

被詛咒的凶刀巴南——（馬來西亞）

負面力量爆發的阿莫克事件

如上所述，馬來西亞是由華人、馬來人、印度人及其他少數民族組成的多民族國家。各民族所帶來的固有神祇反覆融合、分裂，變成土地之神精靈或惡靈依布利斯，然後又變成其他各式各樣的精靈大肆橫行，因此從心理上的意義而言，也是多民族國家。

以亞洲各國來說，新加坡有乩童，馬來西亞有波摩，日本的沖繩有優達，日本東北地方有伊達哥，韓國有木丹等，各國各孕育其固有的夏曼（具有和神或靈等異界者溝通能力的人）。

而且，儘管現在的亞洲人們已受到心理學爲首的西洋醫學或法律等西洋式合理主義的感染，但一碰上麻煩時，仍會在日常借助夏曼的力量。

站在心理學家或社會學家的角度而言，當一個人處在身心均無法負荷的極限狀態下，才會變成夏曼來加以克服。

也就是在必要時，從普通人變成超人。

而且，如果是在夏曼能夠發揮實際機能的環境，變身的本人也會成為真正的夏曼，為人接納並受到尊敬。但如果在這個社會中無法發揮機能，也就是所處的社會沒有接納的環境，那麼夏曼就會被視為精神病患。

因此，夏曼所存在的社會，可說是有接納的器量。換言之，也就是富裕，「寬大」的社會（就我個人而言，「寬大」的地方住起來當然很舒服）。

舉例來說，新加坡的某條街就有被視為高明諮詢師活動的乩童，但這種人如果去到美國的華盛頓，想必會被視為一般的精神病患。

就廣義而言，被惡靈附身作祟也是一種暫時的夏曼化現象，相信神在夢裏指點而行動的行為，可說是輕微的夏曼化現象。

日本古時也有所謂狐狸附身的現象，但如今這種現象則被診斷為精神分裂，送進精神醫院，一輩子吃藥，在院內生活。但也有其他被狐狸附身的人，經過當地附近的優達或伊達哥作法之後恢復正常，雖然仍被視爲危險人物，但至少能夠重回社會。

由此，從附身現象及其和周圍的關係，可看出此人所處的社會環境與歷史背景。

附身現象——出現的方法依地區各有其特徵。

在日本，一般是狐狸附身或地縛靈附身，或祖先之靈降下。馬來西亞的情形主要有三種模式的附身現象。

如果是扮演地區諮詢師角色的波摩，任何國家的夏曼都必須通過所謂巫女病（感受身心異常、痛苦、障礙的時期）的洗禮、修行之後，才能變成波摩。變成波摩後，其本人也要有所領悟，站在達成任務的立場，度過貢獻社會的一生。

以女性來說，如果被惡靈或土地之神附身，多半會某日突然失去知覺，說一些他人聽不懂的話，歇斯底里。

不過，這種情形只要經由波摩的作法或唸咒，大多能夠很快恢復正常。

本人一輩子保持夏曼化的情形並不多見。

最恐怖的是，男性引起夏曼化現象的情形。

在馬來西亞把這種如在日本稱爲「狐狸附身」般的現象叫做「阿莫克」，令人聞之色變。

波摩的情形是慢慢地夏曼化，但阿莫克是非常突然，而且具有破壞性。

變成阿莫克的大多是善良、溫和、樸實、有家室的中年男性。

這些原本溫和的歐吉桑，某日突然雙眼變色，開始瘋狂之舉。

不只口中高喊他人聽不懂的語言，而且狂亂地揮舞著巴南（馬來式的柴刀），突然一口氣把自己的妻子、家畜、附近鄰居全部殺光。

就好比在每天早上班途中，順便把垃圾放在住家附近電線桿旁的好爸爸，突然變成瘋狂的殺人魔。

如果在日本發生這種事件，精神科醫師也會參與，進行找尋凶手潛在的怨恨、家人關係、金錢問題等，可能成爲殺人動機的各種壓力的作業。

也就是，找出爲何會變成這樣的「意義」。

然而變成阿莫克的男性，在被逮捕接受偵訊時，也只會一味地表示：

「我是聽從依布利斯的命令。」

「巴南無法離手。」

完全得不出結果。

而且，警方實際做各方調查時，也絕對找不到答案。

亦即，阿莫克並沒有「意義」。

眾人所了解的只是某地的某人變成阿莫克，殺死一家的事實。

在先進國家的大都會，也常出現濫用藥物、毫無緣由見人就砍的瘋子，不過阿莫克卻不使用藥物就能變成恐怖惡靈附身，因此也更可怕。

也許是高溫多濕的嚴酷風土與複雜的歷史背景，形成某種巨大的壓力，累積在基因的層次，使得一位不知名的好好先生，某天突然爆發出來。

因此，是找不到其意義及動機何在。

在此附帶一提，曾在這種阿莫克事件中被使用過的凶刀巴南，有時會經過裝飾成寶刀一樣，輾轉古董店或美術商，渡海來到國外，在新加坡的中國城或歐洲的跳蚤市場出售。

有些不明究理買下的觀光客，自取得的瞬間，災禍就不斷上身，感到納悶而找相命師占卜之後，才了解原來自己擁有一把有問題的「被詛咒的凶刀巴南」。

恐怖的分屍錄影帶（泰國）

公開出售全是死屍的攝影集

幾年前，在業界人常去的一家酒吧，一位朋友給我看一本令人毛骨悚然的攝影集。

迅速翻過之後，我反射地隨即合上。

這本書中有各式各樣連警方的現場照片，都比不上的恐怖畫面。

可說是一本全是人類死屍的攝影集。

在好奇心驅使下，我再次翻開來看……。

一張可能是交通事故的現場照片，一具頭蓋骨破裂，腦漿外溢、眼球突出，但是身上卻是穿著整齊，未受一點傷的屍體。

另一張則是拍攝在火災燒死，僅下半身焦黑的屍體。

再下去一張，可能是刑事案件的現場照片，一具被勒死、口鼻冒泡、眼瞼腫起，死狀悽慘的屍體……。

我不禁懷疑如何收集到這些駭人的照片，而且每一張都死得那麼慘，讓人感到有些鼻酸。

不過，這些照片都有一個共同點，那就是所拍的屍體都是剛死沒多久，雖然每具屍體都損傷嚴重，但卻不像是死了很長一段時間，已腐爛的屍體。

就連燒死的屍體也像才剛燒死不久，還看得出冒煙。

可說，再真實不過了。

而且我發現這本並不是報導攝影集，而是專門提供給在性方面有偏好的所謂戀屍癖者的攝影集。

因爲在翻到某一頁時，有一名年輕黑人男性以恍惚的神情，正在一張乾淨的床上做愛，而對象卻是個死人。而且那具屍體的上半身是燒焦的骸骨，下半身則是成熟豐滿，看似年輕黃種人的女性。

合上書看背面書皮時，看到O×B（O×銖）、……$（……美金），是泰國貨幣的價錢。

也就是說，這本書是在泰國公開出售的。以日本的常識來說，買賣這種書是非法的，就算有，也是以圈內人的價格在地下偷偷交易，但這本書卻有標價，表示在泰國是攤在陽光下或以半公開方式，光明正大的出售。

泰國在長達約七百年的專制王政後，運用其傳統的政治與文化，邁向經濟的發展與民主政治，並不厭其煩地反覆試行錯誤。

自專制王政瓦解的一九二五年以來，曾經過二十次以上的修改廢除憲法，更換好幾名當權者。

因此，在文化上或歷史上都極為複雜。

由此，講好聽點是豐饒，但講難聽點就是禁忌寬鬆的國家。

撇開以買春為目的來此的老色狼不談，或許這正是吸引觀光客的理由，尤其認為泰國好玩之處正在於，提供其他國家絕不可能在光天化日下追求個人性癖最佳的場所。

也就是，可視一種性向來接受這點。

我對導遊杜威先生如此說時，他表示這種攝影集還是小CASE，接著表示：

「在賣土產的店或路邊賣一些奇奇怪怪東西的攤子、舊書店，都可以買到這種書。更可怕的是錄影帶。因爲照片拍的全是死人，而錄影帶拍的是殺人過程，人將死的畫面，因此，有時不免讓人懷疑到底是真的恐怖片，還是合成或刻意拍的真實影片，用來租售給有這種特殊偏好的人，好像有專門製作這種錄影帶的業者。」

當我質疑這不是犯罪嗎？杜威先生接著說：

「當然囉！泰國的警察優秀且嚴格，一經發覺，立即逮捕、判重罪。不過道高一尺、魔高一丈，他們絕對不會讓警方逮到。這種錄影帶在市面上流通，表示確實有其市場，因此一定存在這種業者。」

世界各國都市地區陰暗的角落必定有賣淫街，不過泰國的情形，迄今仍多半是從山區少數民族的村落被賣來還未脫稚氣的少女，從事這種賣春。

這些女孩子的父母爲了少一張嘴吃飯而賣孩子，而女孩子本人也極欲擺脫那種貧苦生活，因此在搞不清楚這個行業的實態下，反而一心想投身這種行業，甘願當妓女。雖然有些是不得已的選擇，但也有的是被拐騙來的。

這些妓女多半是如此來到都市的。據說只要付五、六百塊日幣，就能和這些少女一夜春宵，因此日本人泰國買春團才會那麼流行。

儘管如此，這些女孩卻毫不警覺，一點防備都沒有。幾乎沒有保護自己防範性病的知識。

如果妓女戶的老闆有點良心還好，但若只想賺錢，就根本不管她們的死活，任由被客人玩弄。

有些客人為了快樂，強行虐待，以致被整得半死不活，但只要付錢，怎麼樣都無所謂。

這些少女，就像被社會遺棄的一群人。

被賣到妓女戶的女孩，即使某天突然消失，也沒有雙親、朋友、情人為她感到難過。

因爲對業者來說，她們是可以「合法的」被無聲無息處理掉的人。「於是，有人專門去買那些因病無法再接客的妓女，或是曾背叛店家的妓女……，據說也有綁架來的……，將這些人當作『模特兒』來拍攝，或是買通有關人士，打聽到某個黑社會組織將設私刑進行制裁，就趕去拍攝這種畫面。」

杜威先生把喝一半的啤酒放在桌上，如此正經八百的說。

活生生被肢解的少女

從所在的餐廳窗外看去，對面是流水潺潺的加歐普拉亞河，其對岸可依稀看見三島由紀夫小說『曉之寺』中的那座瓦特波莊嚴的輪廓。

看不出是日本人，還是泰國人的女服務生，端來一杯使用椰奶調製的當地飲料。

泰國被喻爲微笑之國，而且街上處處可見堪稱美術品十分華麗的寺廟群。

如果把西洋比喻爲單調有秩序，亞洲比喻爲混沌的彩色，那麼泰國就是在彩色中又溶化金銀的感覺，可說豔麗得恰到好處。

可是這樣的泰國，卻有另一種面貌，如同恐怖的另一個世界。

可說光線越是閃耀，影子也就越黑暗。

「泰國的人們個個都很親切溫和，真不敢相信存在那樣的事情。」

然而，事實上我真的看過那本攝影集。

「我曾看過剛才所說的那種錄影帶。我有一位朋友喜歡收集這種錄影帶，因此向熟人借來。在此之前，他也給我看過合成假造的，不過這次完全不同，絕對是真的。」

杜威先生所看到的，是如下錄影帶。

這部片可能是用來掩飾，封面裝訂成色情片，內容前半段確實是色情片，但後半段卻收錄一些詭異的內容。

※　　※

場景好像是一家小旅社的浴室。

一名穿著內衣的少女，雙手反綁倚靠在磁磚鋪成的浴缸旁。她似乎拼命在求饒，面對攝影機不停地哭訴，然而鏡頭保持不動地拍了一會兒少女的樣子，就在此時，一名身穿大花T恤、牛仔褲的男子來到浴室。

這名男人用大彎刀，很快削掉少女的耳朵。

浴室響起悲慘的叫聲。

接著又削掉鼻子的瞬間，露出二個鼻孔，鮮血像噴泉一樣，從少女臉部正中央噴出。

少女還有意識，發出像撕布般的悲鳴。

然後，男人又割開少女的衣服，在露出胸部的同時，挖掉兩個乳房。

至此階段，少女已完全失神而無聲無息。

接著男人抬起少女的身體，橫掛在浴缸的邊緣，然後發動電鋸，抵住少女的側腹。

在嗡嗡的馬達聲中，少女被從腹部鋸成二半，男人隨後將垂著內臟的少女上半身踢進浴缸。

浴室的地板只留下血淋淋少女的下半身。

如同在肢解屠殺的豬隻一樣，男人用臉盆裝水沖洗血水，然後，拉出部分腸子，接著用刀子削去大腿的脂肪……。

※　　　　※

「……看到這裏，影片就斷了。」

「夠了，夠了，我不想聽了。」

我摀住耳朵。

不知不覺中，把面前的飲料全喝光了。

⑤韓國、台灣篇

用飯粒做成的口袋怪物——（韓國）

吃金屬長大的怪物

在韓國有雖令人發毛卻帶點幽默，好比「擠出已熟青春痘時的快感」，生理上需求的有意思怪談。

※　　※

古代某朝代的帝王，在某一時期下令捕捉全國的僧侶。

因爲這位帝王在得天下之前，曾受過僧侶的欺負，故可說是私人性報復，想將所有僧侶趕出國。

朝廷發佈命令，只要抓到僧侶交出，就有獎金可拿，而且，不管該人有無才幹，都給予一官半職。如此一來，讓許多一心想升官發財的人看了十分眼紅，就連信仰虔誠的人也利慾薰心的拋棄信仰，投入其中。

然而，此時卻有一名年輕氣盛的僧侶，不僅不躲起來，還故意下山來到京城，挨家挨戶的化緣。

更巧的是所拜訪的一戶人家，竟然是自己嫁出去的妹妹家。可是那位妹夫卻是個利慾薰心的下三爛，每天都出門搜尋僧侶。

「連我丈夫都想抓僧侶來當官的世風之下，就算哥哥你一人反抗也沒用。如果你現在出去，一定沒命，你先躲到天花板上面，直到騷動平息爲止。我會送東西給你吃……。」

於是，妹妹把僧侶的哥哥藏在天花板上面，每天送飯給他吃。

等妹夫一回家，僧侶就躲到天花板上面避難，否則有時就出來做做運動，可是久而久之感到十分無聊。於是他把妹妹每天送來的飯留一點，等到飯粒存到一定程度後，就開始捏成某種玩意兒。

僧侶用指尖製作像是某種生物的東西。

既不像象，也不是狗，反正是個四隻腳的奇怪動物。

接著，他從妹妹的針包取出一隻針，想做成動物的眼睛，果然刺下去的地方看起來就像眼睛。

因爲捏成的白飯粒沾有手垢，而有點發黑，看上去就像野獸一樣。

在做出一對眼睛之後，看起來就有點像真的。

「咦，這像什麼？有點奇怪。」

僧侶自己也被自己做的這副奇怪模樣，惹得笑出來。

吱吱、嘎嘎……。

突然，這個小怪物好像活的一樣開始動起來，把旁邊的針給吃下去。

「唉啊，太好了！動了！真的吃了！」

僧侶感到有趣，又給一隻針試試看。

又吃下去了。

「這個傢伙會吃鐵呢！」

僧侶玩興大發，又從針包中取出針來餵食，餵完針之後，又餵其他的鐵釘、鐵鎚，所餵的鐵製東西，全部被沒牙的嘴給吃下去。

而且好像吃多少、它就長大多少。

然而，每天送飯來的妹妹，並不知道哥哥在天花板上面養了一隻這種可怕的東西，其實連妹妹自己也開始心動想抓哥哥。

「一想到要一輩子過這種窮日子，眼前就一片黑暗。丈夫每天出門，根本不理會我，乾脆把哥哥的事一五一十告訴丈夫……。這樣我和丈夫就能住進宮殿，每天吃山珍海味……。」

不敵名利的妹妹，終於把實情告訴丈夫。

「我哥哥完全不知道我已經告訴你，因此你可以裝作不知情的接近他，伺機抓起來。這是絕佳的機會！」

「嗯……」

丈夫卻有些猶豫。

「是啊！這麼一來，你我就可以過舒服日子了。可是，大舅子和我如同親兄弟，以前就很合得來，我很喜歡他，這種事我下不了手……還是算了。」

沒有心眼的僧侶，想都沒想到自己妹妹和妹夫正在外面設計自己，依然在天花板上面繼續餵食這個怪物。

由於天花板上面的針或鐵釘之類早已餵光，只好趁妹妹不在家時下來，偷拿鐵鍋去餵。

吃鐵的這個怪物，食慾與日俱增，似乎吃再多也吃不飽。不停成長的結果，很快就長成小狗般大小。

而且總是纏在他身邊要東西吃，沒東西吃時就用沒牙的嘴咬他的衣襬。

「這個傢伙快變成一個大怪物。最近我已經養不起牠了。如果繼續偷拿家中的鐵餵食，妹妹一定會發現……。真糟糕！」

僧侶無奈地望了睡在一旁的「怪物」一眼。

「這就是我用剩下飯粒做出來的……，咦，這傢伙本來就是飯粒嘛！對了、對了……」

僧侶腦海突然閃過這個念頭，爲怕忘記，記在一張小紙條上，折起來放在煙盒裏。

就在此時，這個怪物就像好動的小孩一樣，動作敏捷地，稍不注意就離開視線，不知跑到哪裏去了。

怪物的弱點只有一個

某日，僧侶被妹妹叫下來，坐在一旁的妹夫對他說：

「大舅子，你妹妹已把你的事告訴我了。我雖然正在積極抓僧侶，但密告你的卻是你的妹妹，也是我的妻子，真是太丟臉了。不過請你放心，我雖然很想當官，今後也還是會繼續抓僧侶，但絕不會抓你。請你趁早走吧！利用夜晚街上寂靜時，逃到山上躲起來。我想總有一天這種世態會改變，在此之前，我絕不會告訴任何人你的事……。」

「我明白了，既然事已至此……。我想妳會這麼做也是日子太苦了。」

僧侶如此對妹妹說，內疚的妹妹始終低頭不語。

僧侶也相信這種抓僧侶的騷動總有一天會自然消滅，於是聽從妹夫的話，暫時回到山上。

不過，就在離開之前，他把裝有小紙條的煙盒託給妹夫，並告知：

「我把這個東西放在你那兒。除非世態變得更糟，糟到好比世界末日，否則不要打開煙盒。記住，一定要到那種地步才能打開。」

留下這句話之後，僧侶就消失在黑暗的街上。

自此，數個月過去。

社會狀況仍未變好，反而更糟、更窮。因爲皇帝懸賞捉拿僧侶，此舉導致人民失去工作意願，而另一個原因是中央集權的京城本身也負債累累。

也就是全國缺鐵。因爲有一隻如鯨魚般大小、模樣不清楚的怪物，不分晝夜在街上大肆橫行，吃光所有的鐵。

再堅固的門、牆都能輕易破壞，進入屋內，不管鍋碗瓢盆，連槍矛或鐵礦石原料，都一概吞下去。

軍隊出動攻擊，但弓箭、槍砲都沒用。因爲對生性愛吃鐵的這隻怪物來說，子彈就如同淋舒適的溫水浴一樣，愈打就愈過癮。

雖然動員全國的學者、軍人、官吏共商對策，但卻找不出解決對策。

皇帝心中對僧侶的怨恨已不再重要了。因爲在所有武器都被消滅中，倘若被敵國得知而出兵攻打，國家將面臨滅亡。

皇帝終於想出一個辦法，而頒布如下公告。

——不要再管僧侶了。只要有人能消滅這隻怪物，朝廷將頒發比捉拿僧侶更多的賞金，給予更高的官職——。

「你聽說沒有？這次是消滅怪物。」

「皇帝心急如焚，將面臨世界末日了。」

人們四處口耳相傳。

「搞什麼，怎麼又來這一套……。」

捉拿僧侶就能升官發財！每天爲這個口號奮鬥的妹夫，就像洩了氣的皮球。因爲他已經買通有關人員，得到僧侶藏匿處的消息，一切想成爲捉拿僧侶的專家。可是因皇帝的一句話，在一夕之間就被推翻，真是愈想愈不甘心。

「全完了！算了吧！管他的，反正這個國家已經不行了，我的人生也完了！」

正氣得想喝酒時，他突然想起僧侶的小舅子交給他的煙盒。

——除非到了世界末日，否則不要打開——。

於是立即從衣櫃取出煙盒打開，裏面有一張小紙條。

他惶恐地唸出這張紙條的內容。

——那個傢伙是飯粒做成的，所以不耐火——

「……！」

※　　※

「我有好辦法，請讓我來擔當此一任務。」

翌日，這位妹夫趕往京城。

這是千載難逢出人頭地的機會。在約定萬一失敗就奉上自己腦袋下，他請皇帝下令把剩下的鐵全部集中在一處。

對皇帝來說，這也是一大賭注。

果然不出所料，數小時後，那隻怪物聞到鐵的味道，轟隆轟隆的走來。

牠已經變成一隻巨大且醜陋的大怪物。

這位妹夫，悄悄走近正專心一意吃鐵的怪物後面，啪地一聲磨擦打火石。

就在發出小閃光的同時，怪物也在瞬間消失無蹤。

之後，皇帝依約頒給他重要職務的官職，由於深獲皇帝的信任，不久建議皇帝廢止捉僧侶的命令。

結果在這位皇帝在位期間，這個國家一直維持繁榮。

※ ※

這則故事不論以規模或幽默來說，都很像是日本口袋怪物般的動畫故事。

韓國的民間故事中，都含有所謂「恨」的獨特想法。

當自己的正當性不被理解或不能適用時，就會產生「恨」。

年輕僧侶對信仰的執著變成「恨」，而意想不到製造出怪物，重情義的善良市民（妹夫），又意想不到的消滅怪物，而且這二種力量使皇帝打消邪念（另一種「恨」），就是這樣的故事……。

可想而知，那對重情義的兄弟，日後應該依然繼續交往，但那位妹妹又如何呢？韓國自古受到儒教的影響很深，迄今仍留下男尊女卑的風氣。爲貪圖享受而企圖出賣自己親哥哥的妹妹，即使日後以夫爲貴，坐享榮華富貴，但可能也會爲升官發財的丈夫的眾多妾而煩惱吧！

蛇妻（韓國）

與小尼姑的短暫戀情

這是古代韓國一名軍人，所遭遇的一段悽美又恐怖的愛情故事。

在某個地方有一位年輕優秀的軍人。

在此爲他取個假名李某……。

※　※

李某聰明又精通十八般武藝，因此周圍的人都認定他將來一定會出人頭地，成爲國家的棟樑。可是李某的性格卻豁達又溫和。

「我有這麼能幹嗎？」

起初他對升官發財幾乎不感興趣，只認爲是因世襲才擔任此一職務。

可是，大家都說他一定會升官發財、平步青雲，因此在不知不覺中，腦中就刻下自己有一天將成爲中央官吏的想法。

某年初夏。地方官吏請李某前往京城辦事，由於騎馬都要花上三天時間的路程，事情又很緊急。

如果走一般路線，在時間上就很緊湊，萬一趕不上就糟了。

「就是必須花一週時間往返……唉啊……。」

深知自己慢郎中性格的李某，決定走山路前往。

因爲越過啞口就能以最短距離到達，只需花上一天多一點的時間。可是對李某來說，翻山越嶺是頭一次這麼取道。

有關山路的狀況、有水喝的地點在何處、有無客棧落腳，這些都不清楚，不過他知道之前曾有幾位同僚走山路從京城回來，因此，他抱著船到橋頭自然直的心態出發。

可是就在快抵達啞口之前，遭遇到傾盆大雨，這倒是不在意料之中。

他心想下一陣就會停，而繼續騎馬前進，但沒想到道路泥濘不堪，大量雨水從岩石縫隙中噴出，使沿著山崖的道路處處崩塌。

雖然是大白天，但黑雲密布，視線很差，幾乎看不見前方。

「真糟糕。」

李某不得不下馬，小心翼翼地慢慢向前走。

不知走了多久，天都快黑了，雨卻似乎沒有停止的跡象。

抬頭一看，看到漆黑的前方有微微亮光。

「有救了，有人！」

李某便朝山坡上亮著燈火的方向走去，終於來到一座簡樸的山寺。

「對不起，請讓我避避雨。」

李某從門外很有禮貌地請求。

「是哪位？」

邊問邊從裏面走出一位十來歲貌美的比丘尼。

「我要前往京城，但途中遇到這麼大的雨，沒辦法繼續趕路。能否讓我進去避避雨，等雨停了就走……。」

「真是辛苦啊！如果你不嫌棄這個小廟，請就進來休息。快請進……。」

這是一座簡樸的小山寺，並沒有所謂的客房，因此小尼姑只好把李某帶到自己睡的隔壁房間。

李某在和小尼姑僅隔著一塊薄板的房間，吃著小尼姑誠心為他準備的食物。外面的風雨交加，好像有什麼東西飛來，發出撞到外牆的聲音。

「……。」

「……。」

「咦……妳一個人住在這裏嗎？」

李某邊吃飯邊問隔壁房的小尼姑。

「……不，還有三位前輩尼姑，但她們昨天下山辦事。大概數日才會回來，我從昨日起就一個人在看家。」

「啊，是這樣，那不是太辛苦了……」

「……。」

吃完飯後，二人就各自上床睡覺，但卻因心情緊張而輾轉難眠。

二位年輕人的緊張隨著夜深，逐漸變成心頭砰砰跳。

（……從沒遇到過那麼美的女孩。這是個好機會，只隔著薄薄地一塊板。啊，不行，不能做這種事……。）

（…他會不會來找我？我想不會吧！不行，不行，進入佛門之人怎能想這些俗事……。這場雨一直下就好了，這樣他明天就還是走不了……。）

翌日，雨依然未停。

夜晚又來臨，和前一天一樣，二人在各自的房間吃飯。

半夜過後，李某終於忍不住，悄悄打開小尼姑房間的門進去。

※　※

到了第三天中午，雨雖已停止，但二人仍然在小尼姑的床上溫存。

「雨停了，我非走不可。」

「不，還在下。」

「你看，陽光都從窗射進來了。再不走就來不及了。」

「請你再多待一會兒，因為你一走不知何時再見面。」

小尼姑絕望地，認為和李某不會再相逢。

想到自己這樣沒有任何長處，連頭都剃光的女人，怎麼可能被如此魁梧了不起的軍人看上，這一夜情只是他一時興起罷了……。

想到這裏，她終於按奈住挽留李某的想法。

小尼姑流著淚，關上陽光射進的木窗。

邊穿衣邊看她傷心模樣的李某，心軟地對她說：

「我回程仍想走這條路，但又怕再遇到雨而來不及，所以回程就改走平地。不過，半年後又會輪到我負責這個差事，屆時我一定來接妳，帶妳去見父母和長官。」

「真的？」

聽到意想不到的這句話，小尼姑的臉馬上開朗起來。

因爲已經絕望的事又產生希望，當然更是喜出望外。

然而小尼姑害怕將空歡喜一場，於是再問一次。

「你是說真的嗎？因爲空等不會回來的人是件多麼令人痛苦的事。」

「我向妳保證，一定會回來。」

「真的哦！如果你不回來，我會一直等下去，而且會發瘋死掉。這麼一來，我一定會變成蛇去找你……」

殺也殺不完一直來的蛇

自此，半年過去。

當時和現在不同，是沒有電話等通信設備的時代。距離之隔意味著心之隔。李某因忙於工作，漸漸淡忘在山寺那段甜蜜的回憶，而且完全不記得出發前和小尼姑的約定。

不久，李某又被派去京城出差。

不過這次他來回都選擇走平地道路，當然也沒有寄宿山寺。

雖然沿途也會想起當天的約定，但如今就宛如許久前的一場夢般，沒有真實感，心想可能小尼姑現在也同樣在思念，不過還是騎馬一路回來。

之後，李某被調到遙遠的南部地方，準備搬家。本來能力就不差的李某，此時凡事不在乎的性格也漸漸改掉，更積極的工作。

而且在熟悉南部生活六年後，連升幾級，平步青雲。

某日早晨。李某想寫東西，坐在書桌前時，發現桌上有蚯蚓。

這裏怎麼會有蚯蚓……。

李某正想用袖子掃落的李某，仔細一看，並不是蚯蚓，而是如黑絲般濕潤的小蛇。

像絲般的蛇掉落地上，滾來滾去，又想沿著桌腳爬上桌。

「唉啊！真噁心……。」

李某將手上的粗毛筆筆桿用力壓住小蛇。就像壓死蟲一樣，小蛇斷成二截死掉。

「喂，來人啊！」

李某不敢碰，叫佣人來收拾這些令人作嘔的東西。

第二天早晨，李某睡醒時，突然從天花板上掉下什麼東西在棉被上。

「？」

李某仰起半身想弄清楚是什麼東西掉在肚子附近，睡眼惺忪一看，是如杵般粗的蛇。

「哇，我的媽啊！」

李某順手掀起棉被抖掉蛇。

咻、咻！

突然被抖飛出去的蛇，可能也嚇到了，拼命向門口逃去。

仔細一看，就和昨日壓死的小蛇顏色一樣，只不過似乎大上二倍。

……對了，可能是小蛇被殺，母蛇來報仇……。

「喂，又有蛇，來人啊！」

李某叫來佣人，當場就解決掉。

然而，第二天櫥櫃中又有比前一天更大、像人手臂那麼粗的同樣顏色的蛇，李某又叫佣人將牠殺死。

而且，自此時起，蛇就開始陸陸續續出現。有時在屋簷下，有時在浴室，即使殺死這種如手臂粗的黑蛇，但又有新的蛇來。

「這個附近是不是有蛇多的地方。怎麼殺也殺不完。而且愈來愈大，到底是怎麼回事……？」

此一時期，正是李某工作非常順利的時期。

因此，工作以外的其他事，對李某來說都是瑣碎小事，根本無關緊要。

周圍的人儘管一再提醒他該娶妻成家了，但李某卻不予理會，全心全意投入工作。

就在此時，李某開始察覺自己記憶深處，似乎有些疙瘩，但卻想不起是什麼事。就像搔不到癢處的那種心情。

「心裏似乎有些疙瘩，到底是什麼事？」

被蛇迷住的男人

——那天終於來臨。

翌日半夜。在李某床上的枕邊，居然有條巨大的蛇。

約有矮個子人身高那麼長，正好如女人大腿般粗。

那條蛇就像經常出沒的同種大黑蛇一樣，蜷縮在枕邊，仰起頭露出粉紅色的舌頭吐信。

蛇皮的鱗是不尋常的漆黑色，就像把油倒入污水之中一樣，泛著虹光。

「唉啊……」

李某連忙向後爬。

看似就要準備攻擊的這條蛇，卻並未攻擊李某。李某雖感到不可思議，但仍如往常般大聲叫來佣人。

「又來了！這次這條非常大。趕快來！」

聞聲趕來的數名佣人，手持武器準備對付，但大蛇動作迅速，一溜煙就逃走了。

之後，這條蛇從第二天晚上起，一入夜必定來到李某的睡房。

每次李某叫人來殺死，都抓不到。

這種情形持續一週左右，一名常在半夜被叫起而睡眠不足的佣人，實在吃不消，終於想出一個辦法。

「李大人，那條蛇可能是附近蛇群的首領，既然殺不死，就乾脆把牠養在家中，這樣其他蛇應該就不會再來了。你想想最近小蛇一條都沒來吧！反正我們也不是做壞事，就把牠養在家中如何？……。」

李某心想這也不失爲一種辦法。

……似乎也沒有害處，反正我和大蛇也混熟了……。對一心只想往上爬的李某來說，這是無關緊要的小事。

翌日，佣人便準備一個大籠子，可是還來不及抓進去時，這條美麗的大黑蛇就自然爬進去，蜷縮起來。

而且，一入夜，牠就爬出籠子，像守護李某一樣來到其枕邊。

有個晚上，李某睡著正在做夢。

冒著冷汗跳起來，卻忽然和常在枕邊的大黑蛇四目交會。蛇以水汪汪的雙眼一直注視李某，似乎看穿他的眼底。

「啊！」

此時，李某的腦中突然浮現那位小尼姑的倩影。

——勸李大人娶妻也勸不成，原來他已有婚約了——。

不知何時起，周圍開始出現這種傳聞，以致再也無人前來說媒。其實一到夜晚，李某房間會傳來男歡女愛的聲音，只不過沒有人見過他的未婚妻。

一年、二年過去，拒絕去中央任職的李某，看上去蒼老許多。

不久，李某對佣人說，升官有什麼用，一直住在這裏，舒舒服服過日子就行了，打算老死在這南方之地。

那條大黑蛇依然守在李某身旁。

某次李某因病臥床，便對一位信任的佣人道出七年多前，自己和一位小尼姑的一段往事，就在說完這話不久，他就衰弱而死。

李某的遺體瘦弱地像木乃伊一樣，宛如死了很久。

大批佣人各自回到老家，當拆掉這棟房子時，那條蛇也無影無蹤。

交換靈魂的故事——（台灣）

「這是哪裏？你們是誰？」

這是在台灣北部烏來的少數民族泰雅族出身的江先生，十五年前小時候從祖母口中聽到的真實故事。

※　　※

在烏來的村落住有一對恩愛的中年夫妻。

當時丈夫四十二歲，妻子四十三歲，比丈夫長一歲。

丈夫除下田之外，偶爾在觀光相關公司當司機，妻子則製作土產手工藝品出售，二人是附近人人稱羨的模範夫妻，只不過很遺憾地沒有孩子。

妻子信仰虔誠，一有時間就去附近的馬蘇廟上香，祈求家人的健康與平安。

有次在廟裏碰巧遇到江先生的祖母，祖母便對她說：

「妳好像經常來，年紀輕輕真有心。」

「我沒有孩子，又比丈夫年紀大，因此常擔心我不在以後丈夫怎麼辦，所以就常來上香，請神明保佑……。」

這位妻子很認真的這麼說。

誰知沒過多久，妻子因血管疾病突然病倒，年紀輕輕就離開人世。由於夫妻倆的感情很好，丈夫十分悲痛而不尋常地哀號，讓旁人不忍目睹。

可是就在喪事所播放安魂曲、哭婆（中國文化圈特有的弔祭風俗。花錢雇請大聲哭泣哀號的女人）的哭喊聲中，這位妻子卻突然活過來。

這個場面，江先生的祖母也親眼見到。

「這是哪裏？」

她仰起半身，環視周圍，問四周膽顫心驚看著她的人。

「我怎麼會在這裏？你們是誰？」

活過來的妻子對跑過來抱住她的心愛丈夫，投以訝異的眼光。

「你告訴我，究竟發生什麼事？」

當做法事的和尚靠近一問，這位妻子卻表示自己是中國福建省人，名叫衛美鈴，年齡二十歲。接著，說明自己搭乘從福建省開往台北的船，但一家人在船艙休息時，船卻突然碰撞到什麼傾斜，一瞬間被海水吞沒，之後就不知道發生什麼事，一醒過來就在這裏。

她講話的口音是妻子生前不懂的福建腔，儘管如此，破涕爲笑的丈夫還是把迷迷糊糊活過來的妻子帶回家。

因爲丈夫認爲她所說的故事可能是在意識不清間所做的夢，過一段時間應該就會恢復正常。

可是第二天早晨，附近鄰居拿著當天報紙跑到這對夫婦家，告知當天報上刊登的一則新聞，正如那位妻子所說，從福建省開出的一艘船沈沒的事故。

而且更令人無法置信的是，那位妻子死亡的時間，完全吻合船遭遇海難事故的時間。

此事，便在該村引起軒然大波。

由於台灣的福建省出身者居多，因此他們透過關係，調查那艘船上是否真有一位名叫衛美鈴的二十歲女性。

結果，了解確實有搭船的記錄，但因海難而迄今行蹤不明。毫無疑問地，這是：

……交換靈魂……。

※　※

日後，丈夫和重生的衛美鈴——具有四十三歲肉體與二十歲心智的女性——一直過著恩愛的生活。

據說妻子也完全習慣台灣的生活，看起來很幸福，只不過始終改不掉福建省的口音。

至於衛美鈴生前的肉體，因爲海難事故而行蹤不明，可能早已化爲海裏的藻屑，不存在這個世界了。

交換靈魂雖好，但那位妻子的靈魂卻找不到新的宿主。

「儘管如此……。」

江先生的祖母卻說：

「那位妻子也應該滿足了。她生前就常擔心自己不在以後，丈夫怎麼辦，如此一來，就像是爲她丈夫安排好新的妻子，或許是她生前天天去祈求馬蘇神靈驗了。看來只要真心誠意去祈求，馬蘇神就會聽進去，因此一定要信仰虔誠。」

不過，對那位丈夫而言，擁有二十歲的心智、四十三歲的肉體好呢？還是擁有四十三歲的心智、二十歲的肉體好？

江先生迄今仍常和小時玩伴聊到此事。

鬼的通路・錢的道路——（台灣）

在空中行進的日本兵

台灣第三大都市台中，是人口八十萬的都會，不過住在此地的人，每逢假日就會去花蓮度假。

花蓮風光明媚，有溪谷、溫泉，因近海而食物美味。氣候一年到頭溫暖，是台灣頗受歡迎的休閒地。

台中人前往花蓮，就如同日本住在東京的人，去伊豆或熱海的溫泉洗滌心靈一樣。

不過，從台中縣前往花蓮縣的路，有一條被稱爲「錢的道路」令人害怕的道路。

「去花蓮遊玩時，必須準備二種錢，一種是自己遊玩所花的現世的錢，另一種是鬼月的另一個世界使用的錢（爲鎮鬼所燃燒，或人死後放進棺木中，只在異界通用的冥紙）。」

住在台中近郊的上班族周先生，如此對我說。

據說開車行經這條路時，十人中有八人，可能會碰到奇怪的東西或不可思議的體驗。

世界的華裔人們，把包括幽靈在內的妖怪、妖精等怪物均稱爲「鬼」，因此這條道路可說是鬼的通道。

「那條道路也頻發交通事故。可能是鬼感到寂寞，想把活人拖到那個世界去作伴吧！」

特別令這附近的人感到害怕的是日本人的鬼。因爲台灣在第二次世界大戰結束前是在日本統治下，因此在六十多年前，幾乎和日本沒什麼兩樣，現在台灣有許多老年人會說流利的日語。

由此，在現代化大樓之間或郊外，仍殘留瓦造的榻榻米式日本房子，傳聞在這些老房子中也住有日本人的鬼。

既不能拆，也沒人敢買，無人居住而變成廢屋，結果就成了鬼屋。

特別是花蓮，往昔曾是住有許多日本人的地區。周先生就曾在橋上看過日本人的鬼。

「那是我和女友，一起開車從台中前往花蓮的途中所發生的。當時是傍晚時分，一位身著日本和服的女人站在路旁，讓我楞住了，心想此時此地怎麼會有日本女人，而且還穿著和服，正感到納悶開過去之後，才想可能是鬼。因爲不敢回頭看，就偷看後照鏡，卻什麼也沒有，最後鼓起勇氣回頭一看，已經無影無蹤。女友也說看到了。」

這名日本女鬼穿著紫色和服，頭髮也梳成髮髻。

除此之外，沒有發生任何事，但周先生還是覺得心裏發毛，而叫女友把鎭鬼用的冥紙撒出車窗外。

「有在此出生的日本人，也有來自日本定居此地的日本人。但是，戰後時代改變，活著的日本人都回到本國，因此留下來的鬼不知何去何從。可能是找不到回去的地方而迷失在這裏。即使有墳墓，也沒有子孫來掃墓。」

聽一位朋友說，曾在黃昏時分碰到鞋底發出釘鞋聲、穿著軍服和大批日本兵的鬼，在空中行進，嚇得他差點發生危險事故。

這位周先生又接著說：

「此地不只出現日本人的鬼，也發生過各種不可思議的怪事。有次我和母親一起去洗溫泉，回程途中看到前方二百公尺左右的道路正中央，一名年輕男性和一輛機車似乎故障而進退不得。因爲看樣子沒有讓路的意思，於是我就慢駛繞過去，可是隨著接近才發現那人不正是自己的哥哥嗎！

哥哥住在台北，因此我感到奇怪，便立刻緊急煞車停下來，坐在一旁的母親也很驚訝哥哥怎麼會在這裏。正想下車跑過去，人卻不見了，連機車也消失了，看看四周並沒有其他小路，就算是看錯人，怎麼會人車憑空消失，心中不由發毛，有一種不祥的預感，於是連忙打電話回台北，但沒人接電話。沒有其他辦法，只好決定先回台中再說。

一回到台中，就接到通知，原來哥哥騎機車出車禍。哥哥自己似乎是輕傷，因爲是他本人從醫院打電話來。而他出車禍的時間，正好是我和母親在車上看到他的時間。後來聽說在出事的瞬間，哥哥腦中浮現家人。可能是他在那一瞬間想到自己可能沒命，而變成鬼出現在我們面前。我和母親才會在那條路上看到他的鬼魂。」

在這條路上，很多人都有過類似體驗，因此八字輕的人會準備很多鎮鬼用的冥紙，一面開一面撒出車窗外。

「尤其是常看到鬼的地點，因撒的冥紙太多，連路都看不到。冥紙就像鋪在地上的地毯一樣。」

據周先生所說，這種道路似乎有吸引各種「鬼」前來的特別的「氣」。由此聚集的鬼，爲多找些同伴，就造成交通事故，把活人變成鬼。

養育嬰兒的鬼——（台灣）

從地底下傳來嬰兒的哭聲!?

台北東北的宜蘭縣縣境附近，在戰後不久發生一件真實的故事。

街上一家肉店，有一段時間起，每天有一名年輕女人來買豬肉，而且每次只買少許。

每天黃昏時分來，只買一撮肉，就默默地回去。

這種情形持續了一週以上。

肉店老闆想到這個附近人家大多有家人，獨身的女性很少，而且覺得好像在哪裏看過這個女人，卻想不起來。

此外，她看上去臉色蒼白、削瘦，似乎不太健康。

「謝謝妳常來光顧。從來沒見過妳，是不是住在附近？」

老闆故意找話搭訕，但那女人只嗯嗯啊啊簡單帶過。

「我跟妳說哦！有個每天來的客人我們從沒見過。」

某日，肉店老闆一面處理肉，一面和一位主婦常客聊到此事。

「是嗎？有這種人？這個附近有這樣的人嗎？她長得如何？」

兩人正在聊時，那個女人正好來到肉店。

「還是老樣子。」

她冷漠地這麼說，接著就拿起包好的肉離開。

在場的那位主婦在好奇心的驅使下，尾隨其後，但跟到肉店不遠的一片墓地前，那女人就消失了。

之後那女人仍繼續來買肉，但不知是否那位主婦將此事告訴別人，以致一段時間後，開始傳出有鬼來那家肉店的流言。

「妳這樣東家長西家短，我很難做生意。」

肉店老闆，不禁抱怨起來買肉的主婦。

「你怎麼這麼說，這個附近沒那種人，大家都說沒見過這個人。我也親眼看到她在墓地消失。」

主婦也不甘示弱地反駁。

嚴格來說，並非在墓地前消失，而是跟丟了。但因爲被指責，所以主婦才不得不這麼反駁。

「好啦！我知道了，下次我來弄清楚看看，但我也不能問她是不是鬼啊！」

兩人你一句我一句地抬槓。於是翌日，當那女人又來買肉離去時，老闆就放下菜刀，急忙偷偷尾隨其後看個究竟。

只見那女人小心翼翼提著裝肉的袋子，從肉店前面的轉角彎過去，走了一段路，真的走進漆黑的墓地中。

「難道、難道……。」

老闆雖然嚇到，但認爲也可能是繞過墓地。爲了保住肉店的聲譽，老闆決定跟在後面進入墓地。

可是那女人卻突然消失地無影無蹤，接著從某處傳來像是嬰兒的細微哭聲。

「咦？是什麼？難道是棄嬰？」

聽到哭聲，喜歡小孩的老闆，也顧不得鬼不鬼的，開始拚命尋找被丟在墓碑間的嬰兒，但一無所獲。

因爲那種哭聲比小貓的叫聲還小，於是認爲可能是自己太多心了。

「？」

靜下來再一聽，仍然聽到：

「……哇、哇、哇……。」

這次聽起像是從墓中、地底下傳來的聲音。

「!?」

老闆慌忙趕回去，找來道士和街坊鄰居。

「真的有聲音哦！」

「是嬰兒、是嬰兒。」

「挖出來，還活著！」

當挖起傳出聲音的墓時，出現一具新的棺木，橇開棺材蓋一看，眾人都嚇得楞住了。

裏面躺著一具才死沒多久的女屍，而其腳邊，有一個臍帶似乎還沒斷的新生兒，還活著。

原來，這個女人一週左右前才去世，住在離此地稍遠的街。因死時尚懷有身孕，周圍人以爲胎兒也和母親一起死亡，其實孩子還活著。

棺木中的母親遺體雖已死亡一週，但看起來宛如活人。可能是母親變成鬼，離開墳墓去攝取營養，養育腹中的胎兒，然後生下來。

或許是被裝進棺木的母親尚未斷氣，直到生下孩子才死，因此只有嬰兒得救而活下來。

母親的鬼魂去買肉，可能是想以某種形式讓活著的人知道有嬰兒還活著。

無論如何，嬰兒被平安地救出，後來送給他人領養。

天亮一看，發現在這座墓旁邊，有很多像是乾香菇的東西，仔細一看，原來是母親的鬼每晚買來「吃」的肉已變成肉乾。

自此，大家都議論紛紛地說，母親的鬼就是吃「肉的鬼」。

※　※

在日本也有所謂「飴店的幽靈」類似的有名怪談，但這則故事並非一般的怪談，而是流傳下來的真實故事。

後記

我想，我也長有「亞洲的尾巴」。

日本在受到西洋文化圈（嚴格來說是美國）的一神教下，善惡區別明確，如電腦的二進法才合理，可謂黑白照片的影響之下，到底過了多久。我既非歷史學家，也不是社會學家、宗教學家，更不是政治學家，因此，並不淸楚其正確的數字。

但我只知道，如果再繼續置之不理，今後世界各地這種傾向將愈來愈嚴重，屆時受到快樂所支配，浸淫在混沌、色彩繽紛情感的沸騰，好不容易才維持寬鬆禁忌的所謂「亞洲」的現象，恐怕將一步步從這個地球上消失。

幸好在我的基因中還勉強留下這種現象，長有亞洲的尾巴，因此常常會想將之公諸於世。我想如果在無意間切掉這個尾巴，那必定是一大損失。

各國共通的所謂恐怖故事，是極爲亞洲式的，因爲亞洲的恐怖故事可謂已達爐火純青的地步。那種從僅以心理學不足以解釋的人類本質所產生的精華，就是恐怖譚。

本書是我從各國當地人口中聽到的真實故事，以及介紹旅行者的經驗談（顧及對觀光季相關方面的影響，因此在地名、人名等部分使用假名），其中也有參考各國的民間傳說或古書、歷史書等容易展現該國異界觀的各種書籍。

請讀者細細品味。

願本書能夠成爲繼續提供存在你內心深處的你的亞洲糧食。

——因此，這應該是和我以往所寫的（『真實發生的超怪奇體驗』、『真實發生的超怪奇體驗‧恐怖夜話篇』）別有趣味的另一本書。

秋本阿曼

著者簡介

秋本阿曼

一九五八年生。曾任攝影師、女性雜誌記者、採訪記者、少女小說家等，現在每天過著活用經驗與生來流浪癖的實地調查生活。

著書的主題多樣，不僅日本國內，也精通亞洲。自己本身也有不少神秘體驗，對經常往來這個世界與那個世界的人深感興趣。此外也很關心薩滿教（黃教），目前正研究先賢留下的文獻，依據綿密的採訪獨自模索中。

著書有收集各種令人戰慄靈異體驗的『真實發生的超怪奇體驗』、『真實發生的超怪奇體驗・恐怖夜話篇』。

大展出版社有限公司
品冠文化出版社

地址：台北市北投區(石牌)
致遠一路二段 12 巷 1 號
郵撥：0166955～1

電話：(02)28236031
28236033
傳真：(02)28272069

圖書目錄

・生活廣場・品冠編號 61

1.	366 天誕生星	李芳黛譯	280 元
2.	366 天誕生花與誕生石	李芳黛譯	280 元
3.	科學命相	淺野八郎著	220 元
4.	已知的他界科學	陳蒼杰譯	220 元
5.	開拓未來的他界科學	陳蒼杰譯	220 元
6.	世紀末變態心理犯罪檔案	沈永嘉譯	240 元
7.	366 天開運年鑑	林廷宇編著	230 元
8.	色彩學與你	野村順一著	230 元
9.	科學手相	淺野八郎著	230 元
10.	你也能成為戀愛高手	柯富陽編著	220 元
11.	血型與十二星座	許淑瑛編著	230 元
12.	動物測驗—人性現形	淺野八郎著	200 元
13.	愛情、幸福完全自測	淺野八郎著	200 元
14.	輕鬆攻佔女性	趙奕世編著	230 元
15.	解讀命運密碼	郭宗德著	200 元

・女醫師系列・品冠編號 62

1.	子宮內膜症	國府田清子著	200 元
2.	子宮肌瘤	黑島淳子著	200 元
3.	上班女性的壓力症候群	池下育子著	200 元
4.	漏尿、尿失禁	中田真木著	200 元
5.	高齡生產	大鷹美子著	200 元
6.	子宮癌	上坊敏子著	200 元
7.	避孕	早乙女智子著	200 元
8.	不孕症	中村春根著	200 元
9.	生理痛與生理不順	堀口雅子著	200 元
10.	更年期	野末悅子著	200 元

・傳統民俗療法・品冠編號 63

1.	神奇刀療法	潘文雄著	200 元

2. 神奇拍打療法　安在峰著　200元
3. 神奇拔罐療法　安在峰著　200元
4. 神奇艾灸療法　安在峰著　200元
5. 神奇貼敷療法　安在峰著　200元
6. 神奇薰洗療法　安在峰著　200元
7. 神奇耳穴療法　安在峰著　200元
8. 神奇指針療法　安在峰著　200元
9. 神奇藥酒療法　安在峰著　200元
10. 神奇藥茶療法　安在峰著　200元

・彩色圖解保健・品冠編號 64

1. 瘦身　主婦之友社　300元
2. 腰痛　主婦之友社　300元
3. 肩膀痠痛　主婦之友社　300元
4. 腰、膝、腳的疼痛　主婦之友社　300元
5. 壓力、精神疲勞　主婦之友社　300元
6. 眼睛疲勞、視力減退　主婦之友社　300元

・心 想 事 成・品冠編號 65

1. 魔法愛情點心　結城莫拉著　120元
2. 可愛手工飾品　結城莫拉著　120元
3. 可愛打扮&髮型　結城莫拉著　120元
4. 撲克牌算命　結城莫拉著　120元

・法律專欄連載・大展編號 58

台大法學院　法律學系／策劃
法律服務社／編著

1. 別讓您的權利睡著了(1)　200元
2. 別讓您的權利睡著了(2)　200元

・武 術 特 輯・大展編號 10

1. 陳式太極拳入門　馮志強編著　180元
2. 武式太極拳　郝少如編著　200元
3. 練功十八法入門　蕭京凌編著　120元
4. 教門長拳　蕭京凌編著　150元
5. 跆拳道　蕭京凌編譯　180元
6. 正傳合氣道　程曉鈴譯　200元
7. 圖解雙節棍　陳銘遠著　150元
8. 格鬥空手道　鄭旭旭編著　200元

9. 實用跆拳道	陳國榮編著	200 元
10. 武術初學指南	李文英、解守德編著	250 元
11. 泰國拳	陳國榮著	180 元
12. 中國式摔跤	黃　斌編著	180 元
13. 太極劍入門	李德印編著	180 元
14. 太極拳運動	運動司編	250 元
15. 太極拳譜	清・王宗岳等著	280 元
16. 散手初學	冷　峰編著	200 元
17. 南拳	朱瑞琪編著	180 元
18. 吳式太極劍	王培生著	200 元
19. 太極拳健身與技擊	王培生著	250 元
20. 秘傳武當八卦掌	狄兆龍著	250 元
21. 太極拳論譚	沈　壽著	250 元
22. 陳式太極拳技擊法	馬　虹著	250 元
23. 二十四式/三十二式 太極拳/劍	闞桂香著	180 元
24. 楊式秘傳 129 式太極長拳	張楚全著	280 元
25. 楊式太極拳架詳解	林炳堯著	280 元
26. 華佗五禽劍	劉時榮著	180 元
27. 太極拳基礎講座：基本功與簡化 24 式	李德印著	250 元
28. 武式太極拳精華	薛乃印著	200 元
29. 陳式太極拳拳理闡微	馬　虹著	350 元
30. 陳式太極拳體用全書	馬　虹著	400 元
31. 張三豐太極拳	陳占奎著	200 元
32. 中國太極推手	張　山主編	300 元
33. 48 式太極拳入門	門惠豐編著	220 元
34. 太極拳奇人奇功	嚴翰秀編著	250 元
35. 心意門秘籍	李新民編著	220 元
36. 三才門乾坤戊己功	王培生編著	220 元
37. 武式太極劍精華 +VCD	薛乃印編著	350 元
38. 楊式太極拳	傅鐘文演述	200 元
39. 陳式太極拳、劍 36 式	闞桂香編著	250 元

・原地太極拳系列・大展編號 11

1. 原地綜合太極拳 24 式	胡啟賢創編	220 元
2. 原地活步太極拳 42 式	胡啟賢創編	200 元
3. 原地簡化太極拳 24 式	胡啟賢創編	200 元
4. 原地太極拳 12 式	胡啟賢創編	200 元

・名師出高徒・大展編號 111

1. 武術基本功與基本動作	劉玉萍編著	200 元
2. 長拳入門與精進	吳彬　等著	220 元

3. 劍術刀術入門與精進	楊柏龍等著	元
4. 棍術、槍術入門與精進	邱丕相編著	元
5. 南拳入門與精進	朱瑞琪編著	元
6. 散手入門與精進	張　山等著	元
7. 太極拳入門與精進	李德印編著	元
8. 太極推手入門與精進	田金龍編著	元

・道學文化・大展編號 12

1. 道在養生：道教長壽術	郝　勤等著	250 元
2. 龍虎丹道：道教內丹術	郝　勤著	300 元
3. 天上人間：道教神仙譜系	黃德海著	250 元
4. 步罡踏斗：道教祭禮儀典	張澤洪著	250 元
5. 道醫窺秘：道教醫學康復術	王慶餘等著	250 元
6. 勸善成仙：道教生命倫理	李　剛著	250 元
7. 洞天福地：道教宮觀勝境	沙銘壽著	250 元
8. 青詞碧簫：道教文學藝術	楊光文等著	250 元
9. 沈博絕麗：道教格言精粹	朱耕發等著	250 元

・易學智慧・大展編號 122

1. 易學與管理	余敦康主編	250 元
2. 易學與養生	劉長林等著	300 元
3. 易學與美學	劉綱紀等著	300 元
4. 易學與科技	董光壁　著	元
5. 易學與建築	韓增祿　著	元
6. 易學源流	鄭萬耕　著	元
7. 易學的思維	傅雲龍等著	元
8. 周易與易圖	李　申　著	元

・神算大師・大展編號 123

1. 劉伯溫神算兵法	應　涵編著	280 元
2. 姜太公神算兵法	應　涵編著	元
3. 鬼谷子神算兵法	應　涵編著	元
4. 諸葛亮神算兵法	應　涵編著	元

・秘傳占卜系列・大展編號 14

1. 手相術	淺野八郎著	180 元
2. 人相術	淺野八郎著	180 元
3. 西洋占星術	淺野八郎著	180 元
4. 中國神奇占卜	淺野八郎著	150 元

5. 夢判斷　淺野八郎著　150元
6. 前世、來世占卜　淺野八郎著　150元
7. 法國式血型學　淺野八郎著　150元
8. 靈感、符咒學　淺野八郎著　150元
9. 紙牌占卜術　淺野八郎著　150元
10. ESP 超能力占卜　淺野八郎著　150元
11. 猶太數的秘術　淺野八郎著　150元
12. 新心理測驗　淺野八郎著　160元
13. 塔羅牌預言秘法　淺野八郎著　200元

・趣味心理講座・大展編號 15

1. 性格測驗① 探索男與女　淺野八郎著　140元
2. 性格測驗② 透視人心奧秘　淺野八郎著　140元
3. 性格測驗③ 發現陌生的自己　淺野八郎著　140元
4. 性格測驗④ 發現你的真面目　淺野八郎著　140元
5. 性格測驗⑤ 讓你們吃驚　淺野八郎著　140元
6. 性格測驗⑥ 洞穿心理盲點　淺野八郎著　140元
7. 性格測驗⑦ 探索對方心理　淺野八郎著　140元
8. 性格測驗⑧ 由吃認識自己　淺野八郎著　160元
9. 性格測驗⑨ 戀愛知多少　淺野八郎著　160元
10. 性格測驗⑩ 由裝扮瞭解人心　淺野八郎著　160元
11. 性格測驗⑪ 敲開內心玄機　淺野八郎著　140元
12. 性格測驗⑫ 透視你的未來　淺野八郎著　160元
13. 血型與你的一生　淺野八郎著　160元
14. 趣味推理遊戲　淺野八郎著　160元
15. 行為語言解析　淺野八郎著　160元

・婦 幼 天 地・大展編號 16

1. 八萬人減肥成果　黃靜香譯　180元
2. 三分鐘減肥體操　楊鴻儒譯　150元
3. 窈窕淑女美髮秘訣　柯素娥譯　130元
4. 使妳更迷人　成　玉譯　130元
5. 女性的更年期　官舒妍編譯　160元
6. 胎內育兒法　李玉瓊編譯　150元
7. 早產兒袋鼠式護理　唐岱蘭譯　200元
8. 初次懷孕與生產　婦幼天地編譯組　180元
9. 初次育兒 12 個月　婦幼天地編譯組　180元
10. 斷乳食與幼兒食　婦幼天地編譯組　180元
11. 培養幼兒能力與性向　婦幼天地編譯組　180元
12. 培養幼兒創造力的玩具與遊戲　婦幼天地編譯組　180元
13. 幼兒的症狀與疾病　婦幼天地編譯組　180元

14. 腿部苗條健美法	婦幼天地編譯組	180 元
15. 女性腰痛別忽視	婦幼天地編譯組	150 元
16. 舒展身心體操術	李玉瓊編譯	130 元
17. 三分鐘臉部體操	趙薇妮著	160 元
18. 生動的笑容表情術	趙薇妮著	160 元
19. 心曠神怡減肥法	川津祐介著	130 元
20. 內衣使妳更美麗	陳玄茹譯	130 元
21. 瑜伽美姿美容	黃靜香編著	180 元
22. 高雅女性裝扮學	陳珮玲譯	180 元
23. 蠶糞肌膚美顏法	坂梨秀子著	160 元
24. 認識妳的身體	李玉瓊譯	160 元
25. 產後恢復苗條體態	居理安・芙萊喬著	200 元
26. 正確護髮美容法	山崎伊久江著	180 元
27. 安琪拉美姿養生學	安琪拉蘭斯博瑞著	180 元
28. 女體性醫學剖析	增田豐著	220 元
29. 懷孕與生產剖析	岡部綾子著	180 元
30. 斷奶後的健康育兒	東城百合子著	220 元
31. 引出孩子幹勁的責罵藝術	多湖輝著	170 元
32. 培養孩子獨立的藝術	多湖輝著	170 元
33. 子宮肌瘤與卵巢囊腫	陳秀琳編著	180 元
34. 下半身減肥法	納他夏・史達賓著	180 元
35. 女性自然美容法	吳雅菁編著	180 元
36. 再也不發胖	池園悅太郎著	170 元
37. 生男生女控制術	中垣勝裕著	220 元
38. 使妳的肌膚更亮麗	楊　皓編著	170 元
39. 臉部輪廓變美	芝崎義夫著	180 元
40. 斑點、皺紋自己治療	高須克彌著	180 元
41. 面皰自己治療	伊藤雄康著	180 元
42. 隨心所欲瘦身冥想法	原久子著	180 元
43. 胎兒革命	鈴木丈織著	180 元
44. NS 磁氣平衡法塑造窈窕奇蹟	古屋和江著	180 元
45. 享瘦從腳開始	山田陽子著	180 元
46. 小改變瘦 4 公斤	宮本裕子著	180 元
47. 軟管減肥瘦身	高橋輝男著	180 元
48. 海藻精神秘美容法	劉名揚編著	180 元
49. 肌膚保養與脫毛	鈴木真理著	180 元
50. 10 天減肥 3 公斤	彤雲編輯組	180 元
51. 穿出自己的品味	西村玲子著	280 元
52. 小孩髮型設計	李芳黛譯	250 元

・青 春 天 地・大展編號 17

1. A 血型與星座	柯素娥編譯	160 元
2. B 血型與星座	柯素娥編譯	160 元

3. O血型與星座 柯素娥編譯 160元
4. AB血型與星座 柯素娥編譯 120元
5. 青春期性教室 呂貴嵐編譯 130元
7. 難解數學破題 宋釗宜編譯 130元
9. 小論文寫作秘訣 林顯茂編譯 120元
11. 中學生野外遊戲 熊谷康編著 120元
12. 恐怖極短篇 柯素娥編譯 130元
13. 恐怖夜話 小毛驢編譯 130元
14. 恐怖幽默短篇 小毛驢編譯 120元
15. 黑色幽默短篇 小毛驢編譯 120元
16. 靈異怪談 小毛驢編譯 130元
17. 錯覺遊戲 小毛驢編著 130元
18. 整人遊戲 小毛驢編著 150元
19. 有趣的超常識 柯素娥編譯 130元
20. 哦!原來如此 林慶旺編譯 130元
21. 趣味競賽100種 劉名揚編譯 120元
22. 數學謎題入門 宋釗宜編譯 150元
23. 數學謎題解析 宋釗宜編譯 150元
24. 透視男女心理 林慶旺編譯 120元
25. 少女情懷的自白 李桂蘭編譯 120元
26. 由兄弟姊妹看命運 李玉瓊編譯 130元
27. 趣味的科學魔術 林慶旺編譯 150元
28. 趣味的心理實驗室 李燕玲編譯 150元
29. 愛與性心理測驗 小毛驢編譯 130元
30. 刑案推理解謎 小毛驢編譯 180元
31. 偵探常識推理 小毛驢編譯 180元
32. 偵探常識解謎 小毛驢編譯 130元
33. 偵探推理遊戲 小毛驢編譯 180元
34. 趣味的超魔術 廖玉山編著 150元
35. 趣味的珍奇發明 柯素娥編著 150元
36. 登山用具與技巧 陳瑞菊編著 150元
37. 性的漫談 蘇燕謀編著 180元
38. 無的漫談 蘇燕謀編著 180元
39. 黑色漫談 蘇燕謀編著 180元
40. 白色漫談 蘇燕謀編著 180元

・健康天地・大展編號18

1. 壓力的預防與治療 柯素娥編譯 130元
2. 超科學氣的魔力 柯素娥編譯 130元
3. 尿療法治病的神奇 中尾良一著 130元
4. 鐵證如山的尿療法奇蹟 廖玉山譯 120元
5. 一日斷食健康法 葉慈容編譯 150元
6. 胃部強健法 陳炳崑譯 120元

7. 癌症早期檢查法　廖松濤譯　160元
8. 老人痴呆症防止法　柯素娥編譯　170元
9. 松葉汁健康飲料　陳麗芬編譯　150元
10. 揉肚臍健康法　永井秋夫著　150元
11. 過勞死、猝死的預防　卓秀貞編譯　130元
12. 高血壓治療與飲食　藤山順豐著　180元
13. 老人看護指南　柯素娥編譯　150元
14. 美容外科淺談　楊啟宏著　150元
15. 美容外科新境界　楊啟宏著　150元
16. 鹽是天然的醫生　西英司郎著　140元
17. 年輕十歲不是夢　梁瑞麟譯　200元
18. 茶料理治百病　桑野和民著　180元
19. 綠茶治病寶典　桑野和民著　150元
20. 杜仲茶養顏減肥法　西田博著　170元
21. 蜂膠驚人療效　瀨長良三郎著　180元
22. 蜂膠治百病　瀨長良三郎著　180元
23. 醫藥與生活(一)　鄭炳全著　180元
24. 鈣長生寶典　落合敏著　180元
25. 大蒜長生寶典　木下繁太郎著　160元
26. 居家自我健康檢查　石川恭三著　160元
27. 永恆的健康人生　李秀鈴譯　200元
28. 大豆卵磷脂長生寶典　劉雪卿譯　150元
29. 芳香療法　梁艾琳譯　160元
30. 醋長生寶典　柯素娥譯　180元
31. 從星座透視健康　席拉・吉蒂斯著　180元
32. 愉悅自在保健學　野本二士夫著　160元
33. 裸睡健康法　丸山淳士等著　160元
34. 糖尿病預防與治療　藤山順豐著　180元
35. 維他命長生寶典　菅原明子著　180元
36. 維他命C新效果　鐘文訓編　150元
37. 手、腳病理按摩　堤芳朗著　160元
38. AIDS瞭解與預防　彼得塔歇爾著　180元
39. 甲殼質殼聚糖健康法　沈永嘉譯　160元
40. 神經痛預防與治療　木下真男著　160元
41. 室內身體鍛鍊法　陳炳崑編著　160元
42. 吃出健康藥膳　劉大器編著　180元
43. 自我指壓術　蘇燕謀編著　160元
44. 紅蘿蔔汁斷食療法　李玉瓊編著　150元
45. 洗心術健康秘法　竺翠萍編譯　170元
46. 枇杷葉健康療法　柯素娥編譯　180元
47. 抗衰血癒　楊啟宏著　180元
48. 與癌搏鬥記　逸見政孝著　180元
49. 冬蟲夏草長生寶典　高橋義博著　170元
50. 痔瘡・大腸疾病先端療法　宮島伸宜著　180元

51. 膠布治癒頑固慢性病	加瀨建造著	180 元
52. 芝麻神奇健康法	小林貞作著	170 元
53. 香煙能防止癡呆？	高田明和著	180 元
54. 穀菜食治癌療法	佐藤成志著	180 元
55. 貼藥健康法	松原英多著	180 元
56. 克服癌症調和道呼吸法	帶津良一著	180 元
57. B 型肝炎預防與治療	野村喜重郎著	180 元
58. 青春永駐養生導引術	早島正雄著	180 元
59. 改變呼吸法創造健康	原久子著	180 元
60. 荷爾蒙平衡養生秘訣	出村博著	180 元
61. 水美肌健康法	井戶勝富著	170 元
62. 認識食物掌握健康	廖梅珠編著	170 元
63. 痛風劇痛消除法	鈴木吉彥著	180 元
64. 酸莖菌驚人療效	上田明彥著	180 元
65. 大豆卵磷脂治現代病	神津健一著	200 元
66. 時辰療法—危險時刻凌晨 4 時	呂建強等著	180 元
67. 自然治癒力提升法	帶津良一著	180 元
68. 巧妙的氣保健法	藤平墨子著	180 元
69. 治癒 C 型肝炎	熊田博光著	180 元
70. 肝臟病預防與治療	劉名揚編著	180 元
71. 腰痛平衡療法	荒井政信著	180 元
72. 根治多汗症、狐臭	稻葉益巳著	220 元
73. 40 歲以後的骨質疏鬆症	沈永嘉譯	180 元
74. 認識中藥	松下一成著	180 元
75. 認識氣的科學	佐佐木茂美著	180 元
76. 我戰勝了癌症	安田伸著	180 元
77. 斑點是身心的危險信號	中野進著	180 元
78. 艾波拉病毒大震撼	玉川重德著	180 元
79. 重新還我黑髮	桑名隆一郎著	180 元
80. 身體節律與健康	林博史著	180 元
81. 生薑治萬病	石原結實著	180 元
82. 靈芝治百病	陳瑞東著	180 元
83. 木炭驚人的威力	大槻彰著	200 元
84. 認識活性氧	井土貴司著	180 元
85. 深海鮫治百病	廖玉山編著	180 元
86. 神奇的蜂王乳	井上丹治著	180 元
87. 卡拉 OK 健腦法	東潔著	180 元
88. 卡拉 OK 健康法	福田伴男著	180 元
89. 醫藥與生活㈡	鄭炳全著	200 元
90. 洋蔥治百病	宮尾興平著	180 元
91. 年輕 10 歲快步健康法	石塚忠雄著	180 元
92. 石榴的驚人神效	岡本順子著	180 元
93. 飲料健康法	白鳥早奈英著	180 元
94. 健康棒體操	劉名揚編譯	180 元

95. 催眠健康法 蕭京凌編著 180 元
96. 鬱金（美王）治百病 水野修一著 180 元
97. 醫藥與生活㈢ 鄭炳全著 200 元

・實用女性學講座・大展編號 19

1. 解讀女性內心世界 島田一男著 150 元
2. 塑造成熟的女性 島田一男著 150 元
3. 女性整體裝扮學 黃靜香編著 180 元
4. 女性應對禮儀 黃靜香編著 180 元
5. 女性婚前必修 小野十傳著 200 元
6. 徹底瞭解女人 田口二州著 180 元
7. 拆穿女性謊言 88 招 島田一男著 200 元
8. 解讀女人心 島田一男著 200 元
9. 俘獲女性絕招 志賀貢著 200 元
10. 愛情的壓力解套 中村理英子著 200 元
11. 妳是人見人愛的女孩 廖松濤編著 200 元

・校園系列・大展編號 20

1. 讀書集中術 多湖輝著 180 元
2. 應考的訣竅 多湖輝著 150 元
3. 輕鬆讀書贏得聯考 多湖輝著 180 元
4. 讀書記憶秘訣 多湖輝著 180 元
5. 視力恢復！超速讀術 江錦雲譯 180 元
6. 讀書 36 計 黃柏松編著 180 元
7. 驚人的速讀術 鐘文訓編著 170 元
8. 學生課業輔導良方 多湖輝著 180 元
9. 超速讀超記憶法 廖松濤編著 180 元
10. 速算解題技巧 宋釗宜編著 200 元
11. 看圖學英文 陳炳崑編著 200 元
12. 讓孩子最喜歡數學 沈永嘉譯 180 元
13. 催眠記憶術 林碧清譯 180 元
14. 催眠速讀術 林碧清譯 180 元
15. 數學式思考學習法 劉淑錦譯 200 元
16. 考試憑要領 劉孝暉著 180 元
17. 事半功倍讀書法 王毅希著 200 元
18. 超金榜題名術 陳蒼杰譯 200 元
19. 靈活記憶術 林耀慶編著 180 元
20. 數學增強要領 江修楨編著 180 元

・實用心理學講座・大展編號 21

1. 拆穿欺騙伎倆	多湖輝著	140 元
2. 創造好構想	多湖輝著	140 元
3. 面對面心理術	多湖輝著	160 元
4. 偽裝心理術	多湖輝著	140 元
5. 透視人性弱點	多湖輝著	180 元
6. 自我表現術	多湖輝著	180 元
7. 不可思議的人性心理	多湖輝著	180 元
8. 催眠術入門	多湖輝著	150 元
9. 責罵部屬的藝術	多湖輝著	150 元
10. 精神力	多湖輝著	150 元
11. 厚黑說服術	多湖輝著	150 元
12. 集中力	多湖輝著	150 元
13. 構想力	多湖輝著	150 元
14. 深層心理術	多湖輝著	160 元
15. 深層語言術	多湖輝著	160 元
16. 深層說服術	多湖輝著	180 元
17. 掌握潛在心理	多湖輝著	160 元
18. 洞悉心理陷阱	多湖輝著	180 元
19. 解讀金錢心理	多湖輝著	180 元
20. 拆穿語言圈套	多湖輝著	180 元
21. 語言的內心玄機	多湖輝著	180 元
22. 積極力	多湖輝著	180 元

・超現實心理講座・大展編號 22

1. 超意識覺醒法	詹蔚芬編譯	130 元
2. 護摩秘法與人生	劉名揚編譯	130 元
3. 秘法！超級仙術入門	陸明譯	150 元
4. 給地球人的訊息	柯素娥編著	150 元
5. 密教的神通力	劉名揚編著	130 元
6. 神秘奇妙的世界	平川陽一著	200 元
7. 地球文明的超革命	吳秋嬌譯	200 元
8. 力量石的秘密	吳秋嬌譯	180 元
9. 超能力的靈異世界	馬小莉譯	200 元
10. 逃離地球毀滅的命運	吳秋嬌譯	200 元
11. 宇宙與地球終結之謎	南山宏著	200 元
12. 驚世奇功揭秘	傅起鳳著	200 元
13. 啟發身心潛力心象訓練法	栗田昌裕著	180 元
14. 仙道術遁甲法	高藤聰一郎著	220 元
15. 神通力的秘密	中岡俊哉著	180 元
16. 仙人成仙術	高藤聰一郎著	200 元

17. 仙道符咒氣功法	高藤聰一郎著	220 元
18. 仙道風水術尋龍法	高藤聰一郎著	200 元
19. 仙道奇蹟超幻像	高藤聰一郎著	200 元
20. 仙道鍊金術房中法	高藤聰一郎著	200 元
21. 奇蹟超醫療治癒難病	深野一幸著	220 元
22. 揭開月球的神秘力量	超科學研究會	180 元
23. 西藏密教奧義	高藤聰一郎著	250 元
24. 改變你的夢術入門	高藤聰一郎著	250 元
25. 21 世紀拯救地球超技術	深野一幸著	250 元

・養 生 保 健・ 大展編號 23

1. 醫療養生氣功	黃孝寬著	250 元
2. 中國氣功圖譜	余功保著	250 元
3. 少林醫療氣功精粹	井玉蘭著	250 元
4. 龍形實用氣功	吳大才等著	220 元
5. 魚戲增視強身氣功	宮 嬰著	220 元
6. 嚴新氣功	前新培金著	250 元
7. 道家玄牝氣功	張 章著	200 元
8. 仙家秘傳袪病功	李遠國著	160 元
9. 少林十大健身功	秦慶豐著	180 元
10. 中國自控氣功	張明武著	250 元
11. 醫療防癌氣功	黃孝寬著	250 元
12. 醫療強身氣功	黃孝寬著	250 元
13. 醫療點穴氣功	黃孝寬著	250 元
14. 中國八卦如意功	趙維漢著	180 元
15. 正宗馬禮堂養氣功	馬禮堂著	420 元
16. 秘傳道家筋經內丹功	王慶餘著	300 元
17. 三元開慧功	辛桂林著	250 元
18. 防癌治癌新氣功	郭 林著	180 元
19. 禪定與佛家氣功修煉	劉天君著	200 元
20. 顛倒之術	梅自強著	360 元
21. 簡明氣功辭典	吳家駿編	360 元
22. 八卦三合功	張全亮著	230 元
23. 朱砂掌健身養生功	楊永著	250 元
24. 抗老功	陳九鶴著	230 元
25. 意氣按穴排濁自療法	黃啟運編著	250 元
26. 陳式太極拳養生功	陳正雷著	200 元
27. 健身祛病小功法	王培生著	200 元
28. 張式太極混元功	張春銘著	250 元
29. 中國璇密功	羅琴編著	250 元
30. 中國少林禪密功	齊飛龍著	200 元
31. 郭林新氣功	郭林新氣功研究所	400 元

國家圖書館出版品預行編目資料

亞洲真實恐怖事件／秋本阿曼著；楊鴻儒譯
－初版－臺北市，大展，民 90
面；21 公分－（休閒娛樂；70）
譯自：本当にあったアジアの超怖い話
ISBN 957-468-099-1（平裝）

861.57　　90016040

亞洲真實恐怖事件　ISBN 957-468-099-1

著　　者／秋 本 阿 曼
譯　　者／楊　鴻　儒
發 行 人／蔡　森　明
出 版 者／大展出版社有限公司
社　　址／台北市北投區（石牌）致遠一路 2 段 12 巷 1 號
電　　話／(02) 28236031・28236033・28233123
傳　　真／(02) 28272069
郵政劃撥／01669551
E-mail／dah-jaan@ms9.tisnet.net.tw
登 記 證／局版臺業字第 2171 號
承 印 者／國順圖書印刷公司
裝　　訂／嶸興裝訂有限公司
排 版 者／千兵企業有限公司
初版1刷／2001 年（民 90 年）11 月

定　價／200 元

大展好書 好書大展